冬子の場所

喜多哲正

同時代社

冬子の場所　目次

冬子の場所

1

午前四時過ぎ、母が冬子の個室を探りに来るその日二度目の偵察は終わった。父は母の最初の偵察があった三十分後、午前三時に偵察を済ましており、これで二人が朝まで階下に降りてくることはない。父と母の寝室もそうだが二歳違いの姉の夏子と五歳年下の秋夫の部屋は二階にあって、冬子の個室だけが一階にある。冬子の様子をつぶさに探るためには、階段を降りリビングルームから台所を通ってダイニングルームまで来なくてならない。冬子の個室がつい五ヵ月前ダイニングルームの先に継ぎ足した、ほとんど孤立した下宿部屋ともいえる部屋だからだ。しかし父と母は台所に来て数分立ち止まってはいるが、一度もダイニングルームに踏み込もうとはしない。その代わり台所から廊下を戻ってリビングルームに入り、雨戸をこっそり開け冬子の個室に灯りがついていないかどうかを確かめる。何度探りに来ても冬子の個室は暗く閉ざされ物音ひとつしない。もうそれだけで二人はその日が無事に過ぎたことに安堵し、二階の寝室に戻ってひと時の仮眠に入る。

親たちと違って冬子は起きつづけていた。もし父や母のどちらかがダイニングルームまで来て個室のドアの前で立ち尽くせば、灯りを消した中で目を凝らす冬子の切迫した息遣いが聞き取れたかも知れない。だが二人とも、冬子の個室に大胆に近づく気力をとうに失くしていた。父と母に憑りついた怯えは深く、ダイニングルームと台所を仕切るアコーディオンカーテンに手をかけるのさえままならなかった。

父と母が深夜交代で冬子の個室をこっそり窺いだしたのは、十二月に入ってからだった。冬子が高校に進学して一月余り経った五月以降、漠然と澱みつづけた不安がある日突然、説明のつかない恐怖に変わったのである。とはいっても昼間接する冬子は実に何気なかった。高校には一日も欠かさず通学していたし、夕食も家族皆に交じって食卓に就いた。目立って食が細る様子もなく、顔付はまともでふいに視線が合ってもそこに陰険な陰が籠ることはなかった。口答えに類する言辞は一切吐かず、まして親たちに向けてすさんだ振舞いに及ぶことなど決してなかった。ただ以前にもまして寡黙に過ぎた。家族の誰ともほとんど口をきかず、たとえ呼びかけても返事の代わりにほんの僅か顔を動かすだけだった。この極度な口数の乏しさを除けばどこも咎め立てでき落ち度がない、その限りで親から見た冬子は、かつて登校拒否から家庭内暴力にいきついた姉の夏子とははっきり違った。

父や母、殊に母には四年前、八ヵ月に及んだ姉の暴力にまつわる記憶がまだ消えてはいなかった。

　姉の母に向けて突然始まる詰問、詰問が行きついた果てに起きる凶暴な叫び、そして襲いかかるやみくもな暴力、その一こま一こまはいまなお母の記憶の襞に沁みこんでいた。冬子にはそんな危惧が微塵もなかった。その日常はあくまで折り目正しく、姉に連なる剥き出しの敵意など垣間見ることさえなかった。それでも父と母が冬子に抱く底知れ恐怖は、消えるどころか日毎に募った。

　一切のやり取りを遮断する緘黙、つけ入る隙のない律義な日常、親たちがそこに見たのは絶えずよそ行きの意匠を纏った硬い防御の鎧だった。何か途方もない意志が潜んでいる、冬子の身体全体に張り付いた鎧は、親たちがその疑惑を質す片言の言葉すら拒んでいた。夏子の場合はどれほど理不尽な暴力であっても全身を晒していれば、いずれ時が解決してくれた。依拠する場所がはっきり見え、親たちへの敵意も直截だったからだ。冬子は違った。敵意どころか不満の所在さえ掴めず、何よりその立ち尽くす場所が不透明だった。不穏な臭いは始終立ち込めていながら、どこに火元があるのか確かめる手立てが塞がれていた。しかしやがて身の毛のよだつ惨劇が起きる、時折冬子の顔面をよぎる冷笑から父と母が受け止めた衝撃は、そこににじみ出る明白な殺意だった。

冬子が父と母に心を閉ざす明瞭な起点となったのは、三ヵ月に亘って同じ逗子市内に住む親戚の家で過ごすように促されたときだった。

四年前の十二月、小学六年の冬休みが始まって間もなくだった。その日は中学二年の姉が二度目の精神科の病棟から退院して一ヵ月以上経っていた。退院しても姉の母に向けた暴力は、一向に止まず、まして春先に始まった登校拒否から立ち直る兆しなど望むべきもなかった。冬休みは重要な岐路になる、父と母がそう考えたのはむしろ当然だった。既に最初の好機になるはずの夏休みは無残な結果に終わっていた。姉が最も荒れた時期で、連日姉の狂気の叫びが家中に満ちた。二度目に入院したのも、八月のはじめ姉の暴力にあって母が右腕を骨折し、家庭崩壊に危機に立たされたからである。残された機会は冬休みしかなかった。その間に確かな手掛かりを見出さなければ姉の通学再会の道筋がついには失われる、それが冬休みを迎えた父と母の極度に追い詰められた心境だった。登校拒否と家庭内暴力、親たちにとってこの二つは直線に結びついていた。登校拒否がつづく限り家庭内での理不尽の暴力は収まらず、逆に姉が通学を再開すれば暴力を誘発する一切の火種も消える、父と母は頑なにそう信じていた。家庭内暴力に至る過程は登校できない不安と苛立ちだけでなく、幾重にも絡み合った因子、その因子の重要な要素に学校内でのいじめも潜在していてそれらがある日突然暴発する事実を見逃していたのである。そこに冬子の心の内を顧みようとする視点はかけらもなかった。親たちにとっての冬子は一点の陰りもない存在だった。学業成績は際立ち、クラスメートからの信頼も揺るぎがない、親たちの姉にくすぶる憂鬱は冬子の小学校入学以来、教師から届くこんな賞賛で癒されていた。その賞賛の陰で冬子がどんな思いで姉と親たちとの確執を見つめ、そこにどれほどの呻きが流されてきたか、父と母はかつて一度も振り返ろうとはしなかった。冬子の呻きはいつの場合も、ひっそり佇む自身の足場にだけ呟かれてきた。その足場は余りに狭く、恐らくは親たちの記憶に姉の背後で際どく立ち竦む冬子が記されることはなかったろう。家の中で冬子の存在はほとんど空白のうちに過ぎ、じかに情感を吐露した肉声も途絶えて久しい。もしかしたらそれは、あからさまな姉の暴力より目に見えないところでもっと陰険な牙を研いでいるかもしれない、そんな不安が親たちによぎることもまた決してなかった。絶えず苛立ちと焦燥を掻き立てる姉の傍らに何一つ不満のない冬子がいる、その安堵感さえあれば全ては事足りた。冬子は当時の親たちの、自らに向けた安穏な眼差しを通してそう言い切ることができる。でなければ三ヵ月もの間、親戚の家で過ごすよう強要するはずはなかった。親戚の家で過ごせば通う学区が違っていた。冬子は今もなお、クラスメートと離れて独り登下校した長い道のりを忘れていない。その長い道のりで、秋夫が生まれて間もなく、父の植えた枇杷の木の枯死にまつわる自身の行末を見つめていた。その行末には父と母の交わしたおぞましい暗示が絡んでいて、そこに根ざす親たちへの不信は日毎に膨らみつづけた。不信はやがて奇怪に歪んだ親たちの像を形づくり、いつしかその像に向けて囁く呪詛となって心の内奥に沈んだ。その呪詛が凶器に転化したとき、父と母が冬子に見たのは、いつも親たちの側にあって安らぎをもたらした娘ではなく、凶暴な刃を隠し持つ殺人者としての不気味な姿だった。

冬子が心を閉ざしたあの日、父と母は冬子の意外な抵抗にあって一抹の戸惑いを覚えたのは確かだろう。物心ついて以来初めて接した冬子の反抗だったからである。

あの日冬子は昼過ぎから夕刻まで、当時まだ秋夫と一緒だった二階の部屋に籠りつづけた。六時間に亘って部屋のドアを内側から机と椅子で塞ぎ、母がどれほど開けるよう促しても決して取り除けようとはしなかった。母が階段を駆け上がり、ドアを叩いたのは三度である。ほぼ二時間おきに繰り返し、その度無念に階段を降りる母の足音は生気が萎えた。恐らく母が二階に来るまでの二時間、父と母はどちらがどんな風に冬子を諭すか話し合ったただろう。そして母の方がすぐ激昂しやすい父より適していると了解しあったはずだ。父は仕事を休んでリビングルームにいたが、ついに一度も冬子の部屋の前に立たなかったからだ。それにしては母の、冬子を諭す言葉は短くさりげなかった。

「こうする他に、もうどんな手立てもなくなったの。あなたならきっとわかってくれるわね。だってあなたも、あの人の恐ろしい姿を毎日みてきたんだから」

三度目ドアの外からそれだけ告げた母は一旦階段を降りかけ、すぐ戻って冬子を慰撫する最後の言葉をいい添えた。

「お父さんは昨日、貴女が欲しがっていたカメラを買ってきてくれましたよ」

冬子の号泣が始まったのは、そのすぐ後だった。号泣は三十分以上もつづき、まるで姉の叫喚みたいに隣近所まで狂おしく響いた。それは冬子が始めてあげた号泣だったが、父と母には自分たちの思い遣りに激した嗚咽と聞こえたのだろう。母が再び冬子の前に立って声を掛けることはなかった。

冬子は母が親戚の家で過ごすよう言い出した時から、そこにきな臭い思惑があるのを嗅ぎ取っていた。机や椅子をバリケードとして部屋に籠りつづけたのも、そうすることで父や母があるいは本心を晒してくれるかも知れないとの期待からだった。しかし六時間に及ぶ籠城で冬子が親たちに見たのは、母のさりげない弁解とカメラで慰撫することでしかなかった。冬子は今更の如く、親たちにとって自分がどんな存在であるかを思い知らされたのである。それは恐ろしく貧相な存在だった。たとえ何時間籠城しようと、あるいは母との一切の受け答えを拒もうと、姉の病を癒す大儀の前では敢えて無視することができる。いくらかわだかまりが残っても、それなりの気配りを示せばやがては氷解する、父と母がカメラに託したのは、親たちの思い遣りに無心に応える冬子の姿だった、親たちに安堵をもたらしつづけた冬子は、今度もまた期待を裏切らなかった。号泣とも見紛うほどの嗚咽、そこに自分たちのかけた情けを正確に受けとめた娘を見たからだ。親たちに瞬時に訪れた戸惑いは冬子の号泣で消えた。それが冬子の自覚することのできた、父や母に根ずく余りにみすぼらしい自身の像にほかならなかった。不満をいだくことも激怒を覚えることも知らないそんな透明な存在に改めて本心を明かす必要などどこにあろう。冬子の号泣は、親たちが決意したそのとめどない奢りへの悲鳴だった。心を閉ざしたあの日、冬子は自分と向き合う時の父と母に、救いがたい頽廃を見たのである。

やがて二人は、冬子の号泣が感謝の号泣ではなく自分たちに向けた激怒だったといくらかは気づいたかも知れない。冬子は父の贈ってくれたカメラに一切触れなかったばかりか、以後写真について撮ることも撮られることも頑強に拒んだからだ。カメラは親たちのおざなりな贖罪の証しとして長い間、リビングルームの本棚に晒されつづけた。しかし放置されたこのカメラから父と母が、屈折した冬子の心の内までさぐることはついになかった。

母がこの他に手立てがないと断じた処方は、もはや医者に頼らず姉を連れて奈良に本拠を置くある宗教団体へ三ヵ月修養に行くというものだった。後で知ったがその処方を助言いたのは、冬子が三ヵ月過ごした親戚だった。恐らく母はその助言を受ける代わりに、ちょうど同じ期間、冬子もまた親戚の家で過ごさせて欲しいとの条件を出したに違いなかった。その条件こそが、当時は予感として間もなく揺るぎない確信として冬子の内心に疼いた父と母の、密かに意図した処方の内実だった。

父と母は、宗教団体への修養自体はほとんど何の意味を持たないことを最初から見越していた。事実この予測は、姉が僅か十日ののち逃げ帰ったことであからさまに実証された。それでも父と母はその試みに全ての望みを託した。逃げ帰った家にはあるべき家族がなくなっている。姉にその厳粛な事実を悟らせることに重大な意味があったのである。

当時の、登校すらできない姉にとって奈良はいかにも遠い。たとえ母と母の庇護の元にある秋夫が同伴しているといっても家から遠く隔絶された疎外感は絶えず付き纏う。もし母が自分との諍いを盾に去ることがあれば、そこでの修養は精神科への入院よりもっと酷い追放となる。奈良への出立に当たって、恐らく姉はそう受け止めていたはずだ。一月はおろか半月も待たず逃げ帰ったのも、修養への嫌悪より追放への意図がそこに隠されているのを嗅ぎ取ったせいだろう。疑いもなく父と母は、この姉の心のうちに潜む怯えを知っていた。知っていて奈良への修養に連れ出したのである。確かに連れ出した先には母と秋夫がいて、縮小されたとはいえ家族の臭いがあった。抑え難い苛立ちに襲われても、当初は母をはけ口に出来た。だが姉に憑りついた追放への怯えは、それだけでは癒されなかった。ふいに母と秋夫が消える不安、奈良での母の身辺にはそうしかねない居直った気配が濃厚に漂っていたのである。逗子を発ったその日から、恐らく母は目に見えるかたちで姉につれなく接したはずだ。姉の出方によっては、置き去りにしかねない意図をそれとなく匂わせる言動も幾度かはあっただろう。そうすることで姉が家に逃げ帰るのを密かに促したと思えるからだ。母の狙いは的中した。奈良に着いて幾日もしないうちに、姉の狂気の叫びと暴力が家でのそれと変わらず始まり、母は連日教団からの厳しい詰問に晒された。娘の無残な姿は母親の原罪に起因する、幾度なく耳にしたこの愚劣な戒めに母が下した決断は、姉は一旦は家に帰すが自身は奈良に留まるとの回答だった。姉の病に連なる原罪を清めるため修養に励む、それは教団から見ればこのうえなく美的な母親像に写った。しかしもとより母の決断には、そんな賞賛を浴びる心情などかけらもなかった。三ヵ月の間、姉とは一切接しないで済む絶対の境遇にあること、それこそ奈良への修養を決意した時から母の内心に憑りついた思惑だった。

姉が奈良から戻った家に、当然冬子はいなかった。父はいたが、ほとんど帰宅しないか、たまに帰宅しても深夜だった。恐らくそれも偶然ではなかった。昼間はともかく父が早めに帰宅すれば、僅かでも家庭の雰囲気が甦る。母が奈良に発つとき、父は母にそのひと時を極端なまでに避けるべく約していたに違いなかった。家庭の臭いが消えた冷え冷えした日常、それが家に戻った姉を待ち受けていた約束事だったのである。姉が奈良で味わった疎外感は、実は家の方にこそ用意されていた。心の飢えを満たすために叫ぶことも叫びの代わりに暴れることも、対象となるべき相手は家のどこにもいない。家の中に居て、しかしそこに人の気配が途絶えた孤独感は、追放への怯えより更に凍りつく不安を醸し出す。ついには家族との一切の連なりが断ち切られていく恐怖に晒される日々、三ヵ月の後、それは登校拒否と家庭内暴力への報いとして確かな答えを生むだろう。親たちは、姉の記憶に焼き付くはずのこの恐怖に家族の命運を賭けていた。そこに冬子が存在してはならない理由があった。冬子もまた姉の伴走者として、追放への陰鬱な音色の中に閉じ込められるべく約束が課せられていた。やがて姉に引導を渡した三ヵ月は、親たちがただちらつかせるだけで姉の全てを左右できるトラウマの符号となった。

冬子にとってもその行末に計り知れない影を落としたこの三ヵ月間、父と母は冬子がどんな過ごし方をしたか思い及ぶことなどなかっただろう。だからといって、冬子と親戚の家で何かひどく気詰まりな確執があったわけではない。いやむしろ親戚の家は、伯父や伯母を初め皆一様に優しかった。その優しさに囲まれた冬子の日常もまた、じつに淡々としたものだった。似た年頃の従兄弟たちと分け隔てのない食事を律儀に済まし、定刻通り学校へ通った。夕食後の団欒でも席を外すことはなく、笑いが起きれば声を合せた。家と違って就寝は早くしばしば寝付けなかったが、従姉妹たちと同じ時間に床に就いた。いくらか変わって見えたとすれば、冬子が自身からはついに生身の言葉を一言も喋ろうとはしなかったことである。いつの場合も冬子の発する語彙はひどく限られていて、もし親戚の誰かが冬子のいた三ヵ月を本気で振り返ったら「はい」「いいえ」「わかりません」と応えた他はほとんど記憶にない事実に愕然としただろう。その表立っては何気ない、しかし情感の涸れた姿は、二年半の後もっと奇妙な装いで姉に訪れる。やがて姉がそうだったのと同じく、冬子はそこでの意識を閉ざしていた。現に接する伯母や従姉妹たちの顔を消し去り、内面に蠢く父や母とだけ向き合っていた、親戚の人たちに接するのとは逆に、心によぎる親たちに対しては饒舌だった。冬子の饒舌は、物心ついてからの記憶を丹念に辿る中で、その一つ一つに親たちが課した追放の二文字を嵌めこむ語りに費やされつづけた。三ヵ月経って再び家に戻った時、そこにはもはや親たちとまともに受け答えする冬子はいなかった。親戚の家で辿り着いた、ただ一つの結語に固執する冬子がいただけである。それは父と母が時折口にしかけて慌てて飲み込む結語だった。冬子は二人の凍てついた口元から、こう聞き取っていたのである。

「お前の行末も、いずれは姉のそれに重なる」

姉は中学二年の三学期が終わる寸前、ふいに進学を開始した。母が奈良での修行を切り上げて家に帰宅する五日前である。そこに至る過程で父が姉をどう諭したか冬子は知らない。ただ姉の通学再会と母の帰宅が分かち難く結びついていたのは確かだった。母が奈良に発つ前、「三ヵ月もあればあの子も私もたっぷり修養できる。それでも足りないようだと、今度は本当に家族皆がばらばらになっても仕方がない」と父に洩らした警告と微妙に符合があっていたからだ。冬子もまた、母が奈良から帰ったその日、親たちに絡む記憶を、〈追放〉の二文字で塗り替える饒舌の日々を終えた。

通学再会してもしばしば繰り返した姉の家庭内暴力は、一年五ヵ月後のあの日の夕食に起きた親たちとの諍いを境に唐突に止んだ。後で思えばそれはひどく不自然な終わり方だったが、父と母にとっては束の間の安らぎではなく平穏な日々が、二度と脅かされない見事な結末に思えたことだろう。

あの日は、姉がミッションスクール系の女子高に入学して最初の夏休みが終わる十日前に当たっていた。あの日、父は見境なくいきり立っていたが、恐らくそれは二学期が始まる前に、姉の行末に最後の段を下す時期がきたと判断したからだろう。もしかしたら姉の通学する女子高から、事前にそうすべきなにがしかの忠告を受けていたからかも知れない。中学二年のほとんどを休学した姉がその女子高に入学したこと自体、かなり異例といえたからだ。それにしても、かけらも思い遣りなく冷酷に姉を追い詰めていく父と父の威を借りて姉の自省を奪うべく挑発した母の姿は、どう見てもまともではなかった。

そこには結末を予測した鳥肌立つ二人の計略が密かに交わされていた。冬子は後になってそう振り返ることができる。

最初は何気ない夕食だった。姉が五分ほど遅れてダイニングルームに来た時、既に四人の夕食は始まっていた。いつものことで、むしろ家族五人が揃って食卓に就く方が稀だった。姉は食卓を一瞥し惣菜が焼肉だと知ると、リビングルームを引き返し廊下から台所に入った。すぐにパンを焼くためセットしたトースターのタイマーが鳴り出し、つづいてキャベツを切り刻む包丁の音が重なった。それも珍しい光景ではなく、しばしば見かける夕食の一コマだった。姉は登校拒否を始める前から週に何度か自分の部屋に食事を持ち込んでいたからだ。いつもと違っていたのは、母のひどく奇妙な対応だった。母は姉が遅れてダイニングルームに見えた瞬間から、険しく棘だった眼差しを姉ではなくあらぬところに向けていた。より効果ある咎め立ての隙を狙う険悪な眼差し、冬子にはそう写った。それでも姉がダイニングルームを去って数分は何事なく過ぎた。事態が一変したのは、父が姉の食器を手荒に片付け出した時である。父の手を制した母は、満を持していたとでもいいたげに自分の箸を握りしめたまま台所へ飛び出した。ほとんど同時に苛立つ詰問が始まり、それに応える姉のひどく醒めた反問がつづいた。一方父は素知らぬ顔で母が明け放したアコーディオンカーテンをさりげなく閉め、再び平然と食を進めた。この父と母が進めた一連の動きに、冬子は顔を背けたくなる狡猾な偽装を見て取った。

「何をするつもりなの」

「別に何も。ただトーストを焼いているだけよ」

「何が不満なの。貴方の分もちゃんとテーブルに用意してあるでしょう」

「今夜は焼肉なんかとても駄目。胸がつかえて吐きそうなの」

「だったら食べなきゃいいでしょう」

「トーストぐらい食べたってどこが悪いの」

「トーストを食べるのがいけないなんて誰がいったの。お父さんがいるときは夕食は皆で一緒にするものだってそういっているだけよ」

「そんな決まり、いつ誰が決めたの」

母は一瞬言葉が詰まった。それに勢いを得た姉が今度は攻勢に転じる。

「答えられないでしょう。こんなことぐらいでいちいちいいがかりをつけないでよ。……

そこ邪魔だからどいてくれない」

姉が動こうとしたはずみに母と触れ合ったのだろう、母の声が急に甲高くなった。だが冬子には、その声音にもどこか不自然な作為が見てとれた。

「お母さんをどうするつもり。包丁で傷でも付ける気、あなたって娘はいつもこうでしょう。いいわ、これからはあなたの分は一切支度しませんからね」

「いいわよ、別に」

「分かっているんでしょうね。またあの時みたいに、これから自分の食事は自分で支度しなくてはならないのよ」

ふいに姉の、母に歯向かう声が止んだ。母の警告がたった独り家で過ごした三ヵ月の記憶を呼び寄せたに違いなかった。しかし母は竦む姉にかけらも思い遣りなく、更に追い打ちを掛けるべく父を呼んだ。

「お父さん、いいんですか。この人は自分の部屋に夕食を持ち込むといい張っているんですよ」

それが父の登場を促す合図だったのだろう。父は何故か冬子と秋夫を一瞥しておもむろに立ち上がった。内心はかなり苛立っていたのか、立ち上がった拍子に左足に絡まった椅子が横転し、右足を強く刎ねた。一瞬襲った激痛でささやかな父の余裕は一息に吹き飛び、やみくもな怒りがアコーディオンカーテンに向かった。父の手で凶暴に開けられたそれは、マジックで接着する右側の止め金がはずれ、反転して左側にちぢんだ。丸見えになった台所で、親たちではなくまるで立ちはだかる二人の敵と対峙するかのように、姉のひどく強張って身構えるのが見えた。

「なによ。なんで手前まで出てくるんだよ。胸くそ悪い。手前の顔を見てるとむかむかしてくるんだよ」

「なんて人なの。お父さんに向かって〝手前〟だなんて」

母は急きこんで咎めたが、父と姉の敵意のこもる激しいやり取りの前にはもろくもかき消された。

「そうか。それがお前のいいたかったことなんだな。焼肉を食べる気がしないとか吐き気がするとか尤もらしい口実を並べてはいるが、本心は俺と一緒に食卓に就くのが嫌でこんなことをしているんだな」

「だったらどうだっていうわけ。〝俺と一緒に食卓につくのが嫌でこんなことをする〟随分気安く見ているわね。そんな生易しいもんじゃないだよ」

「じゃなにか。ほかにもっと気の利いた理屈でもあるっていうのか」

「あるね。手前が家にいる、本当はそれだけで気がおかしくなってくるんだよ。トイレも手前が使った後は三十分以上も入る気がしない、手前の不潔な臭いが残っているからだよ。はっきりいってやろうか。手前は知らないだろうけどこれは実はわたしだけの気持ちじゃない。……」

父の顔色が変わった。父は後ろ向きに立っていたが、肩口のびくっとする動きでそれがよく分かった。わたしだけじゃない、とすれば他に誰が、冬子か、父は瞬時にかすめたこの疑惑を、しかし数秒ののち強く打ち消した。冬子に限ってそんなはずはない、すぐさま立ち直って応じた断固たる口調に、そんな自信が何の疑いもなく凝り固まっているのを、冬子は砂を噛む思いで聞いた。

「結構だ。たとえ家族皆がお前と同じ気持ちだったとしても別にどうってことはない。しかしお前の場合は事情が違う。お前はこの家の疫病神だった。二年前のことをいっているんじゃない。ずっと昔からだ。お前は今、俺の後では不潔な臭いがしてトイレにも入れないといったな、だったら俺がいる限りこの家ではとても生きておれないわけだ。ちょうどいい。お前の好きなようにしてやろうじゃないか。いや、もうこのあたりできっぱりケジメをつける時期に来ている。そうしないとお前だけじゃなく家族皆が、気が触れてしまう」

「勝手に生んでおいて、わたしを邪魔者扱いにするってわけ」

「お前のその言い種は聞き飽きた。とにかく家から出て行ってもらう。これは冗談ではない。本気だ。今すぐここから出て行ってもらう」

家からの追放、父のこの一言がその夜の諍いを彩る全てだった。父は初めから姉への最後の断をいつ下すか考えつづけていた。母が挑発を繰り返したのも、父の宣告に無理なく繋げる仕掛けだった。いやもしかしたら一年五ヵ月前、姉を奈良への修養に連れ出したこと自体、この宣告を脅しでなく本心からの断罪と姉に受けとめさせるための布石だったといえたかも知れない。

あの時、母は確かに姉が家に逃げ帰るべくけしかけたのだ。母の策略にまんまとはまった姉は家に逃げ帰った。逃げ帰った家には家族の匂いが消えていた。独り家で過ごした三ヵ月、凍りつく日々の記憶は姉にとって、家からの追放、と耳にしただけで一息に孤絶の怯えを呼ぶ心の水脈となった。父と母はその水脈が極限の恐怖にまで連なる日を期すことで、更に一年有余に亘って姉の理不尽な家庭内暴力を敢えて見逃してきた。姉は未警戒にも、親たちが張り巡らした姦計の網の目に易々と落ち込んだのである。しかし冬子がこの恐怖のからくりに辿り着いたのは更に一月経って密かに目撃した姉の奇怪な振舞いからだった。

その日父と母の醸す妙な気配を嗅ぎ取りはしたが、内心ではまたいつもの姉と親たちを巡る不快な諍いとしか見てはいなかった。

姉は父の一言で見苦しく怖け、今しがたの強がりは途端に怯えた哀訴に変った。

「いやよ。絶対出て行かないわ。お願いだからここにおいといてよ」

「お前は嫌でもそうして貰う。これはもう決めたことだ」

父はそう吐き捨てると、とどめでもさしたかったのか姉の肩口をつかもうとした。すっかり暗い記憶に取り込まれた姉は、恐怖にかられて右腕を振り回しながら今度は母に向かってやみくもに喚いた。

「なんとかいってよ。あんたのせいでこんなことになったんだろう。……いつもそうじゃないか。お父さんに余計な告げ口ばかりする。卑怯なんだよあんたは。それでよく母親面してておれるわね。覚えていな。お父さんがいないとき、このお礼はたっぷり返してあげるから……」

しかしこんな姉を、父はいささかも容赦しなかった。それどころか再び繰り返す理不尽な暴力として、あの忌まわしい狂気の記憶さえ呼び戻してやったのである。

「そうか。そんな風にまた包丁を振り回してお母さんや秋夫を怯えさせようというんだな。だが、今度はそうはいかない。秋夫もひどく感じ易い年頃になっているんだ。俺にはあの子を守ってやる義務がある。……さあ、その包丁で思い切り暴れてみな。今度は三年前と違ってあそこから簡単には出られなくなる」

誘導尋問も似たその挑発で、姉はとつぜん暗い記憶の中に落ち、思わず自分の右手を見た。包丁が握られている。なぜ包丁を握ったまま腕を振り回したのか、姉は再び父と母を、それからダイニングルームに目をやった。冬子は、かちあった姉の目に、二年前の記憶を必死に探り、ありえないはずのこんな不安にもがいているのがはっきりわかった。父や母だけでなく冬子までが包丁を手にした自分を、狂人のそれのように見つめている。するとあの二年前、父のいう通り自分は刃物を手にして暴れ、狂人の烙印を押されたのだろうか。確かに食器を投げつけたり、母の髪の毛を掴んだりしたが、刃物を手にした記憶はない。狂気からではなく、言葉を失い、やみくもに暴れることで自分の苛立ちを伝えたかったに過ぎないからだ。でも刃物を手にしていたとすれば、すべてが違ってくる。本当に狂気があって、そのために精神科の病棟に送られたのかも知れないからだ。もしそうなら、父のいう通り自分はあの鉄格子の病棟から二度とこちら側には戻って来れなくなる。姉は瞬時に駆け巡ったこの不確かな記憶の残骸に竦み、凝然と包丁を床に落とした。そして流し台の縁に掴まりながら、正面を向いたまま一歩づつ父から退き、玄関から表に飛び出して行った。姉のいなくなった台所で父は、母ではなく、リビングルームから見守りつづけた冬子をなだめるように振り返った。

「一時間もしないうちにあいつは意気地なく戻ってくる」

そう断じた父の目には、自分の威嚇の前に姉は必ず許しを乞うはずだと誇示する醜い驕りがあった。母も父の後ろに立ち尽くしたまま、まるで他人事みたいに頷き、「そうね。いっそ本気で出て行ってしまったら、どんなにか清々するでしょうね」と嘯いた。父は、そんな母には見向きもずなおも冬子に対し、非難でもなんでもいい、何かお前の気持ちを聞かせてくれないか、といいたげにダイニングルームを覗きつづけた。冬子は、その父の目にぞっとするほどねばついた媚があるのに気付き、堅く口を閉ざしたままテーブルに視線を戻した。いつの間に席を立ったのか秋夫がいなくなっていた。秋夫のいた食卓には冷えた焼肉が残り、それはほとんど手付かずのままだった。そこへ父と母が再び何気ない顔で戻ってくるのを見た冬子は、内側からつき上がってくるこんな叫びが、やがて空しくはじけ散るのを聞いた。

あの時みたいに三ヵ月とはいわない。せめて一月、姉は父や母の前からすっかり姿を消さなければならない。そうすればやがて父と母は、無言のうちにお互いを不審な眼差しで窺い出し、どちらに確かな非があったかまさぐり始めるだろう。あるいはついにいたたまれなくなった母が、父の余りに居丈高な脅迫を咎めだすかも知れない。それは直ちに父の過敏な反発を呼び、そういうお前こそなぜ娘との諍いの度に自分の援護を求めるのか、となじり返すだろう。その結果は少なくとも姉にとって、今みたいに親たちが一体であるより余程救いがある。父と母の間にきわどい隙間ができ、母が自分の意気地なさと父の言動に垣間見る醜い驕りに気付くことだってあり得るからだ。でも結局姉は、一晩も耐え切れず惨めな姿で帰ってくるだろう。それは更に姉を救いのない孤絶へと追いやるに違いない。

そして冬子は、一晩どころか一時間もしないうち、不快な予感そのままにあっけなく父の驕りのうちに屈する姉を見た。姉は、家から駅までの道のりを往復しただけで帰宅し、音もなく玄関の扉を開けると、二階へも上がらず真っすぐリビングルームへ戻って来たのである。その目は、ついさっきまでの気負いが見るかげもなく消え失せ、まるで判決を受ける被告みたいに怯えていた。父はビールの入ったグラスを持ったまま、顎をしゃくるようにして座るように促した。「土下座しろ」とはいわなかったが、父の態度はそう強いているのと同じだった。姉は父の意を敏感に嗅ぎ取ってその場に正座すると、絨毯に頭をつけながら嗚咽まじりに「ごめんなさい。もうあんなことは決してしない。だから出ていけなんていわないで……」と懇願した。父はこれでいいだな、とでもいいたげに母を見た。母は満足そうに頷き、「わかっているんでしょうけど、あなたがいけなかったのよ」といい足した。

突然いいようもない怒りが冬子を襲った。母は二年前、姉の理不尽な要求のままに、父と二人して台所の床に土下座した無残な思いを繰り返し語って聞かせたはずだ。それは今でも冬子のうちにありありと残っている。あのとき母は土下座することの途方もない意味を語った。たとえ凶暴な我が子を鎮めるためではあっても、その要求に屈して土下座することは、自分の精神をずたずたにしてしまう。それは自分にとってだけでなく子供にもまた、決して癒されることのない傷痕を遺す。まして父親を巻き添えにしてはならなかった。その子が最後に立ち向かうべき、そしてやがてはよりどころを求めるかも知れない存在を、ついには失う羽目になるからだ。そう説いたあのときの母には、酷い悔いの果てに見るキラキラした輝きがあった。しかしいまここでの出来事は、立場が入れ替わっているとはいえ、そっくり二年前と同じ繰り返しではないか。母はたった二年の間に、土下座は強いる側もそれに屈する側も精神の支えになるものをいやおうもなく犯していく、と述懐した記憶をもはや捨て去ってしまったのだろうか。そして父は、今も二年前も自らを責めるという思いを抱いたことがあるだろうか。冬子は、呻きにも似たこんな激怒が緘黙の殻を突き破って思わずほとばしり出ようとするのに耐え、父と母を、それから姉を見た。姉は冬子の険しい眼差しを認めはしたものの、だからといってお前に何ができるとでもいいたげに肩をすぼめてリビングルームから出て行った。その後ろ姿を見遣った父には一瞬安堵した笑みが浮かび、母に二本目のビールを持ってくるように促した。母もここ良く頷いて席を立つ。二時間近くつづいた親子の諍いはこうして何気なく終わった。母から二本目のビールを受け取った父は、それでも冬子の冷ややかな視線と頑強な緘黙に気が咎めたのだろう。姉に対するのとは別な和んだ顔で、母へか冬子へか区別のつかない労わり籠めてこう呟いた。

「夏子がもう少し冬子を見習ってくれたらね。小さい頃から夏子と冬子はすっかり違っていた。頭の出来も気立ても親への思い遣りも、それこそなにからないまでだ。冬子が夏子より先に生まれてくれたら、俺たちもこんなに苦労せずに済んだはずだ」

ああこれだ、これが全ての始まりだった。声を殺したその叫びが父の呟きを引き裂くように冬子の内奥深く走った。父や母が持ちつづけたこの差別感によって姉は、家でも家の外でも他人とのまともな触れ合いができず、いびつな憎悪と妬みだけを奇怪に肥らす世界へとめどなく迷い込んでいったのだ。このことだけは今はっきりさせておかなければならない、と冬子は身体中にみなぎる決意で父を見上げたが、すぐに、お前はずっと父と母の側にいる存在だった。そんなお前に弁護などして欲しくない、と囁きかける姉の憎悪の声がまといつき、ついに一言も発しないまま怪訝そうに見返す父の眼差しを振り切って席を立った。あとに唖然として母を振り向く父とこれも気色ばんで、どうしたんでしょう、と問い返す母が残った。冬子は、その、戸惑いはあってもまるで自覚のない父と母の間にあって加害者としての自分の影もまたそこに折り重なっているのを見た。

その影は、次第に姉と似た親たちへの凶暴な情念の世界に滑り込みつつある今の自分をあざ笑うかのように、かつての夥しい記憶を招き寄せる。どこまでも連なる記憶の向こうには、逗子に移る前の越谷の家があった。そこではまだ幼く同じ年頃の女の子よりずっと小さく、しかし自信に満ちた自分の姿が父と母の側から姉を邪険に見下していた。

2

越谷の家は、初め二階がなかった。玄関を入るとすぐ台所があって、突き当りは便所だった。逗子の家と違って水洗便所ではなく、外から家に入った途端、いつもむっとするすえた臭いが鼻をついた。母が台所にいるだけで便所へ行くのも身体を斜めによけあうほど狭い板の間を隔てた四畳半は、冬子と姉の部屋だったが、母の寝室にもなっていて、冬子たちの勉強机や茶箪笥などがたて込み、昼間でもひどく薄暗かった。

四畳半の奥は、六畳の居間だった。居間のやや南寄りに馬鹿でかい炬燵が置かれ、食事やテレビを見るのはもちろん、勉強するのも大抵そこで済ました。まさか暑い夏には炬燵などなかったはずだが、それでも居間と炬燵は冬子が越谷の家を思い出す度に分かち難く結びついていた。父と母が姉を諭し叱責するとき、必ずその炬燵が陰惨な舞台と化したからだ。あちこちシミのついた炬燵カバー用の布団は、今でも冬子のうちに、姉の号泣と親たちや冬子へ向けた恐ろしい涙に染まっている。

そして居間にはもうひとつ、炬燵と向かい合った正面に越谷の家にはそぐわないピアノがあった。ピアノははじめ姉のために買ったものだと母はいったが、姉のピアノを弾く姿を見た覚えはついぞなかった。冬子が物心ついたときは、もうとっくに冬子だけの専有物になっていた。いやそれだけではなかった。姉にとって越谷でのピアノはもっと忌まわしい存在のはずだった。隣近所の人たちから姉の泣き喚く声を遮る役割をも果たしたからである。

当然弾いたのは冬子だった。

いつからそうなったのか、今ではもうはっきりしない。しかし一つの確かな記憶は、冬子が小学一年を終えた終業式の日にあった。三月下旬にしてはひどく寒い日で、秋夫はまだ生まれていなかったが、家族四人は炬燵を囲み、部屋の隅で燃やすストーブの臭いで絶えず吐気がまといついた。炬燵の上には冬子と姉の通知表、それに姉の十数枚にものぼるテスト用紙が散らばっていた。何枚かは見苦しく破られ、それは赤字で零点のついた算数だった。

「同じ親から生まれて姉妹なんだ。まともにやっていれば、こんな極端な差がつくはずはない。頭がいいとか悪いとかじゃなく、日頃の生活態度に問題があるんだ」

父は一時間も前から、テスト用紙と姉の前に広げられた冬子の通知表を指先で交互に叩きながら、もう何度の同じことを繰り返していた。冬子の通知表にはすべて〝良くできる〟という欄に〇印がついている。姉は頭を上げず、冬子の通知表を食い入るように見つめつづけた。一瞥しただけで分かるその通知表を姉がなぜそれほどまでに見つめつづけたのか、当時の冬子にはまだ何一つ理解できなかった。確かな自覚で冬子がそのことに気付いたのは、三年後、越谷から逗子へ移って二ヵ月ほど経った後だった。

「あなたって、とても頭がいいのね。お母さんが近所の人に自慢して歩くのも当然だわ。でもあなたみたいな妹を持ったお姉さんがどんなに大変か、私は自分のことみたいに良く分かるわ」

逗子に移って幾らも経たないその頃、冬子たちの学校での成績を母が近所の誰かと話題にするはずはなかった。そこには明らかに、自分とよく似た境遇にある冬子のクラスメートへ悪意を籠めて囁く姉の姿がちらついていた。その頃になって冬子はようやく、自分の通知表に姉が何を見ようとしていたのか、痛いほど思い知らされたのである。

姉はくどくど諭す父の忠告に応えて、冬子の通知表から何かの教訓を読み取ろうとしていたのでもなければ、自分の不甲斐なさを悔いていたのでもなかった。初めから終わりまで、冬子の余りにできのいい通知表に一つの罪を見ていたのである。姉妹の一人が、もう片方に比べて極端に優れた成績を収めることは必ずしも美徳ではない、親たちがそのことに拘るとすれば、それはもう立派な犯罪といってもいいすぎではない。この家では現にそうなっている。しかも妹の冬子は自慢の成績をこれみよがしに、親たちと一緒になって自分を侮っているではないか。恐らく姉はそんな自問を繰り返しながら〝良くできる〟欄にずらっと並んだ○印と誇らしげな顔に、罪の臭いを嗅ぎつづけていたに違いなかった。

あの日、父に比べれば母の印象はもうひとつはっきりしなかった。それでも父の叱責の後、必ずこんな繰り言で姉に追い討ちをかけたのだけは鮮明に覚えている。

「どうしようもないわよね。テレビを見るのに忙しくて勉強どころではないもの。少し注意すると、泣いたり喚いたりそれはもう大変な騒ぎになるんだから。冬子が学校へ上るまでは、恥ずかしくて表へも出られなかったわ」

母が繰り言を挟む間、姉の目からは瞬きが止まり、眼光がすーと消えた。いや冬子にはそう映った。五年後、〝狂気の眼差し〟と母が震えながら洩らした、あの不気味に座った目である。姉は暴力を振るう前、きまってその同じ目で母をじっと見据えたものだ。でも当時まだ幼かった冬子には、それは眼光のない真っ白な目に見えた。何故そう映ったのかわからないが、多分父に見せられた劇画の妖怪が惨めに死ぬときそんな目をした記憶があったからだろう。確かに冬子は姉の目に死んだ妖怪の目を重ねていた。それは襲いかかる獰猛な獣のそれよりはるかに気味の悪いものだった。

どのくらい経ってか、もう家の外はすっかり暗くなっていたが夕食の支度もないまま、冬子にとっては晴れがましく、恐らく姉には耐え難かったはずの儀式が始まった。とつぜん父は、炬燵の上の通知表やテスト用紙を手荒に片付けると、二枚の用紙を取り出して冬子と姉の前に置いたのである。

「これは簡単な掛け算の問題だ。冬子には少し難しいが、九九ができれば解けるだろう。当然三年にもなる夏子に出来ないわけはない」

父の出した問題は五つあった。四つは確かに一桁の掛け算だったが、最後の一つに〝二十二個の枇杷があって三人に平等に分けると幾つ余るか〟というのがあった。当時の冬子にその問題の意味が分かるはずはなかった。四問の答えを出したあと、冬子はなぜか父を見上げていた。そして父と視線が合ううち、ほとんど夢中で〝1〟と書いた。冬子にだけ注がれた父の顔が、そう書けと促しているように思えたのである。

「できた。この問題がとけるなんてすごいぞ、冬子」

快い賞賛が間髪いれず冬子の耳に響いた。思わず笑みがこぼれ、もっとあふれる賛辞を聞こうと再び父を見上げた。だが父の顔は、冬子を見るそれとは別人みたいに眉を逆立てすでに姉の答案用紙に向いている。冬子も父を見習い、難しい顔で姉の手元を覗き込んだ、姉は鉛筆を握りしめたまま一問も答えていない。冬子のうちに身震いにも似た勝利感が湧き、すぐつづいた父の、姉を断罪する宣告で更に愉悦は広がった。

「もういい。良く分かった。冬子と夏子は元々素質が違いすぎる。お母さん、夏子にはもう勉強のことはいわない方がいい。少し面倒をみてやればまだ間に合うと思ったが、どうも親の欲目だったようだ。夏子、明日からは勉強なんかしなくていいぞ。テレビを見るのも好き勝手に遊ぶのもお前の自由だ。しかし冬子は夏子を見習ってはいけない。同じ姉妹といっても、冬子と夏子はまるで違う過ごし方が必要なんだ」

姉のけたたましい号泣が始まったのは、母が「ええ、もう夏子には何にもいいません」と応えたすぐ後だった。姉の号泣は凶暴な叫びに近く、居間を突き抜け隣近所へ響き渡った。道路を隔てた前の家では、何事が起きたかいぶかったのだろう。

雨戸が開き、間もなく気まずそうに閉めるのが聞こえた。父はそんな姉を鎮めようともせず暫く冷酷に見つめていたが、やがて冬子に目を移すと無言のままピアノを指差した。母も哀訴の眼差しをじっと冬子に向けている。冬子は何かではじかれたみたいにピアノの前に座った。習いたてのソナチネが冬子の手で流れ出すと「止めて、お願いだからピアノを弾くのだけは止めて」と悲鳴を交えた姉の叫びが数回冬子の耳を撃った。ふいに姉の号泣が止む。振り返った冬子の目に、父と母の安堵して頷き合う姿が見えた。姉はどうしていたのか、その時冬子の目に姉の姿はなかった。号泣する姉への思いより、自分に注がれた父や母の喝采に酔っていたからだ。

その姉が冬子の空白の記憶にとつぜん甦ったのは、その日からちょうど五年後、間もなく六年の新学期を迎えようとする春先だった。

「冬子の弾くピアノはこんな風に聞こえたんだ。どんなに嫌で怖かったか、お前たちも少しは分かるだろう」

逗子へ移ってもピアノはリビングルームに置かれていた。そのピアノのキーを、両手でやみくもに叩きながら姉がそう繰り返すのを聞いた時、冬子は自分の弾いたソナチネがどれほど残酷な響きを持ったかをはっきり思い出したのである。

姉の号泣は、母が「ええ、夏子にはもう何にもいいません」と父に応えたすぐ後に起きた。まるで母に反発してただ泣き喚いたかに見えたが、多分それだけではなかった。姉は号泣することで、むしろ父に向かい「夏子は何をするのも勝手」と断罪した意味を必死で尋ねようとしたのである。父が激しく叱責すれば、まだ親たちの間に自分は生きている。だがもし父が一言も咎めなかったら、姉にその不安がよぎったとき、号泣に籠めた姉の叫びは冬子の弾くピアノで無残につぶされた。姉はそこに、父と母が冬子に命じれ奏でる

『追放』の意志をきいた。泣き止んだあと姉が目の前に見たものは、答えを拒んだ答案用紙だった。そこにはまだ明瞭な文字はなかったが、執拗に追っていくうちやがて姉を導いてくれそうなある暗示がおぼろげに記されていた。それは暴力への予感だった。姉はその予感を、今度は自分の胸深く五年に亘って克明に反芻しつづけた。

姉の、一切の自制をかなぐり捨てた母への暴力が始まったのは、冬子が空白の記憶にこんな姉の姿を描いた一月後だった。

しかし更に数年経って冬子は、その日の出来事を思い出すうち、父の「追放」への意志は姉だけではなかったかも知れないと訝るようになった。ある奇妙な偶然に気付き、以来記憶の片隅に燻りつづけたからだ。

それは父の出した最後の問題にリンゴやミカンではなく冬子たちにはほとんど馴染みのない枇杷を選び、それになぜ一個だけ残る答えを用意したのか、ということだった。思えば幼稚園生の頃、父からこんな話を聞いた覚えがあった。

「お父さんの生まれた田舎には、家の回りに枇杷の木が何本もあった。枇杷は不思議な木で、家にあるいろんな毒素を吸い取ってくれるんだよ」

そうした、父の抱く幼年期の特別な感慨があったせいだろうか、翌年の四月、秋夫が生まれたのを期に父は、狭い庭先へ三本もの枇杷の苗木を植えた。その三本のうち一本はすぐ枯れ、さらに一本が委縮して成長できず逗子に移る年の梅雨明け、毒々しい真赤な枯れ葉をつけたまま枯死した。ちょうど父の出した問題の答えとそっくりに一本だけ残ったのだ。あれは何を暗示していたのだろう。枇杷の木は家の毒素を吸い取ってくれる、と父はいった。もしかしたら父は、秋夫が生れたとき三本の枇杷の苗木を植えることで、子供たちそれぞれの行末を予見しようとしたのかも知れなかった。とすれば、父が枯れた二本の枇杷の苗木に見たものは、自分と姉の暗く閉ざされた生だったろう。しかも一本はまだ小さな苗木のうちにこっそり枯れたが、もう一本はいかにも不吉な枯れ葉をつけたまままこれみがしに枯れた。おそらくその枇杷の木の方が自分の毒素を浴びていたはずだ。父も既に当時から、姉よりもっと過酷な自分の行く末を見極めていたに違いない。姉は二度も精神科の病棟をくぐった。その姉より酷い生とは、いったい自分の行き末には何が待ち受けているのだろう。冬子は年を経るごとに、毒々しい真赤な枇杷の枯れ葉を思い出しては、そこに自らの生を重ねながらますます不可解な呪縛のなかへのめりこんでいく日常に怯えつづけた。

越谷では秋夫の生まれた一年後の五月、二階が出来た。二階は踊り場を隔てて、父の書斎と向かい合った六畳間が姉と冬子の部屋になった。

学校から帰宅した冬子は二階に上る、ほとんどいつも先に下校した姉が部屋にいた。姉は西陽をまともに浴びる窓枠に腰掛け、冬子を振り向こうともせず外を見つめていた。姉が見つめていたのは、前の家の路地から少し入った空き地だった。回りは両隣の家に遮られていたが、空地の真ん中に捨て置かれた丸木の台だけははっきり見えた。その台には一人だけ座ることができる。

春から夏休みにかけ姉は二度、その丸木の台に目隠しされて屈んだ。すこし変わった〈かごめゲーム〉の鬼としてである。普通のそれは。自分の両の掌で目を被うだけだが、そこでの鬼は折りたたんだスカーフできつく目隠しされた。それに三度言い当て得ないと目隠しのまま台から降り逃げ回る仲間の一人を捕まえては代わりの鬼に仕立てなければならなかった。何気ない鬼ごっこに見えたが、しかし逃げる相手が手を叩いて鬼を誘わないところが違っていた。姉を陥れるために、姉と学校で同じクラスの早苗というリーダーがそう決めたのである。

姉が鬼になったのは、二度ともとっくに日が落ち、間もなくゲームが終ろうとする寸前だった。それまで何度繰り返しても、不思議に姉は一度も鬼にならなかった。丸木の台に目隠しされて屈む鬼を取り囲んで回りながら、「うしろの正面だあれ」と皆で歌い終わり、ちょうどその位置に姉がいたのは何度もあったが、鬼だった仲間は冬子を含め決まって違った名前を挙げた。ゲームで遊んでいたのはわずか七人である。きつく目隠されても、歌い終わってどこに誰がいるかおおよその見当はつく、一、二度間違っても、そう度々言い違えるはずはない。それでも姉は鬼にならなかった。姉が鬼になるのは最後の一度だけ、姉を除いた六人の間にはそんな暗黙の了解があったからだ。その六人の中に冬子も混じっていた。

歌い終わって輪が止まり姉は二回正確にいい当てたが、その瞬間早苗の合図で六人は素早く動いた。三度目ははっきり間違えた姉が目隠しのまま丸木の台を降りる。数分の後、一人づつ足音を立てないようにこっそり空地を去っていく。最後まで残った冬子の耳元へ早苗の、声を押し殺した鋭い囁きが響いた。

「早く行って。これはあなたも一緒になって決めたルールのはずよ」

立ち去る冬子の目に、仲間の誰一人いるはずのない空地を代わりの鬼を求めて這いずる姉の姿が、まるで見捨てられた子犬のように映った。一瞬足が竦んだが、空地を出るともう冬子には姉を哀れむ気持ちなど不思議に消し飛んでいた。先に家へ逃げ帰った仲間が多分そうだったように、玄関の柔らかい灯り見た途端、これはただのゲームなんだ、と素直に思い込むことができたからだ。それに姉と違って自分は皆と同じ仲間になれている、その安堵感は冬子にとって何にもまして大きかった。

姉が家に帰ったのは、冬子が二階に上がり、自分の勉強机に向かって三十分以上も経っていた。

「どうしたというの。スカートが泥まみれじゃないの」

そう咎める母に、しかし姉は自分を置き去りにした冬子たちの酷い仕打ちを一言も洩らさなかった。ただ夕食時になって、テーブルを隔てて冬子を窺う姉の眼差しが時折あの真っ白な目に変わっただけである。

夏休みに入った八月初め、姉を交えた仲間の七人は三ヵ月ぶりに再び〈かごめゲーム〉の輪の中に居た。夏の間、空地は午後六時過ぎないと日陰にならない。その日、まだ日差しのきついうちから前と同じことが何度も繰り返され、代わりばんこに鬼になった姉を除く六人はもうとっくに汗と泥まみれだった。姉の顔だけが妙に白く乾いている。その姉の顔が夕闇の中で独り浮き立ったとき、姉はやっと鬼になった。皆で歌い終わり輪が止まって冬子は丸木の台に屈む姉の斜め後ろにいた。

「冬子」

姉は即座にそう答えた。二度目も同じだった。六人の中に不穏な苛立ちが流れ、色をなした早苗が甲高い声で叫んだ。

「全然違っているじゃないの。もう少しまじめにやってよ」

それでも姉は、三度目もやはり冬子を名指した。となぜか五人の顔が一斉に、姉ではなく冬子へ向いた。それまで接してきたのとはっきり違う、まるで親しみのない尖った目付きに変っている。

ほんの僅か険しい沈黙があって姉が丸木の台を降りかけた。ほとんど同時に冬子を除く五人は何かひどく薄汚いものから逃げだすみたいに、陰に籠った奇声をあげて早苗のもとに集まった。独り取り残された冬子が思わず一、二歩近寄ると、彼らもその同じ距離だけ退いて止まる。立ち竦む冬子の前に、目隠しされた姉が両腕で空をまさぐりながら迫った。冬子は体をよじって姉を避け、再び五人と向かい合った。五人は肩を寄せ合い、冬子と姉の間にちらつく陰気な影がやっと見えたとでもいうように口元を歪め、飛び出そうな眼をじっと冬子に向けている。またも姉が背後からこっそり冬子に近づき冬子の身体に触れた。だが冬子はもう姉から逃れようとはしなかった。三日前の夕食時、幾度か冬子を襲った姉の真っ白な目を思い出し、姉は自分を道連れにする機会をじっと待っていたのだと気付いたからである。姉も、これは初めからただのゲームではなかった、と皆に悟らせたかったのだろうか、ゲームのルールに反して「冬子」とは名指さず、今度は五人の固まる空地の入り口に向けて正確に進み始めた。五人は冬子がそうしたのとは違い、目隠しされた姉から射すくめられでもしたみたいに一歩も身動きできなかった。姉と五人の間が見る間に縮まり、と冬子の目に、姉の右手が早苗の首筋に触れるのが映った。肩を寄せ合った五人の固まりが一息に崩れ、早苗を除く四人が姉を突き飛ばして路地へ駆け出した。独り踏みとどまった早苗は、地面にうずくまる姉と立ち尽くす冬子を交互に見据えながら蔑みを籠めて告げた。

「触らないで。あんたは気味が悪いわ。学校でもみんなそういっている。……冬ちゃんは別だと思ったけど同じだった。あんたたち二人とも病気持ちなのよ。一緒にいるとうつるわ」

早苗が走り去った後、しかし姉は地面に這い蹲ったまま再び空地の向こう端へ蠢き出した。両腕はまだ代わりの鬼を求めて虚しくまさぐっている。まるで冬子に、お前もいつかこうなる、と教え諭すかにようにそれは執拗だった。

空地と塀を隔てた前の家の出窓で灯りが灯った。その灯りの中で、姉はようやく目隠しのスカーフを取った。眼孔が怖ろしく窪み、その真ん中でぴくりともしない動かない眼の底の方から妖しく光っている。幽霊だ、冬子は咄嗟にそう思った。早苗たちは目隠しのスカーフを通して、姉の顔に憑りつくこの幽霊を見たに違いない。早苗はついさっき「……冬ちゃんも同じ病気持ち。一緒にいるとうつる」とはっきりいった。すると自分もやがて姉そっくりに幽霊と同じ目付きをし始め、仲間の誰もが近寄らない病気持ちになるのだろうか。冬子は早苗の恐ろしい暗示から逃れるように、幽霊の顔のまま近づく姉に夢中で首を振りながら後退るうち、何かに躓いて仰向けに倒れた。

「お姉ちゃんの悲鳴かと思った。でもあなただったのね」

あくる日の明け方、母が枕元でそう呟いたとき、冬子はまだ空地をさまよっていた。

……空地では冬子のクラス全員が〈かごめゲーム〉の輪を囲んでいる。冬子はもうずっと前から丸木の台に屈んだままだ。しかしいつになっても歌が終らない。皆の歌う歌詞が「……ヨアケノバン二、トンビトカラスガスベッタ……」のところまでくると「ウシロノショウメンダアレ」とはいかず、なぜか最初の「カゴメ、カゴメノナカノトーリハ……」に戻ってしまう。そのうち皆は「トンビトカラス」を「フユコトナツコ」に変えて歌い出した。冬子はしきりに目隠しのスカーフを外そうとするが、目にへばりついたスカーフは幾枚ものテスト用紙となって顔中を覆っていき、名前は冬子となっている。いつしか輪が止まり、その後ろから髭を剃りきちんとスーツを着込んだ父が、瞬きひとつせずじっとテスト用紙を睨んでいる。いつも無精髭の父を見慣れた冬子には、妙にのっぺりした父の顔が、空地の姉に見た幽霊とそっくりに見えた。父の肩口から覗いているのは念入りに化粧した母だ。二人とも自分の担任の先生に会ってきたのだ、と冬子は信じた。母がテスト用紙を指差し、しきりに父の耳元に囁いている。

「冬子は別だと思ったけど、やっぱり夏子と同じだったわね」

声は聞こえないが、冬子は母の唇の動きでそう囁きかけているのがひどく明瞭に読み取れた。母に応えて、父は吐き捨てるように告げる。

「二人とも病気持ちなんだよ。だからああして皆が逃げていくんだ」

「違うわ。これは全部お姉ちゃんのものなの。お姉ちゃんは自分のテスト用紙に私の名前を書いた。私を自分と同じ病気持ちにしたいためなの」

冬子は必死に抗弁するが、父や母のいるところまで声が届かない。あたりは次第に暗くなり、再び姉がたった独りあの幽霊の顔になって空地を這いずりながら「お前もそのうちきっとこうなる」と繰り返している……。

「冬子、しっかりしなさい。幽霊なんてどこにもいないでしょう」

つんざくようなその声で、冬子はやっと悪夢から覚めた。枕元に母がまんじりともせず座り込んでいる。

「とても怖い夢にうなされていたのね。あなたは一晩中、幽霊が来る、私にさわらないで、私は幽霊じゃない。そんな譫言をいいつづけていたのよ。一体空地でなにがあったの」

冬子は枕元を見まわした。ベッドではなく布団に寝ている。天井は板張りになっていて横には鏡台まである。ここは二階の自分たちの部屋ではなく母と秋夫が寝起きする階下の四畳半だと気付き、改めて母に視線を戻した。母が幾度も頷きながら、心配しなくていいの、秋夫は二階のお父さんの部屋に寝ているから、としきりに励ましているのが分かる。蒲団からはみ出た左手が母の両手に包み込まれ、今まで見たこともない柔和な眼差しがすぐ目の上にあった。暖かい感触が広がり、冬子は思わず空地での出来事を喋りかけた。

そのとき、「一言でも口にすれば、お前もきっとわたしみたいになる。私を病気もちにしたのはお母さんたちなんだよ」と警告する姉の叫びが冬子の耳を撃った。すると見る間に母の顔は悪夢の中で念入りに化粧したそれに変わり、あの父と母のやり取りが今度は恐ろしいほどはっきり聞き取れた。

「なんてことなの。冬子も夏子と同じだったじゃありませんか」

「二人とも病気もちだった。俺たちは子供をつくるべきではなかったんだ」

「あなたよ。あなたが子供を欲しいといったのよ」

「失敗だった。しかしもうとりかえしがつかない」

現に枕元で優しく見守る母がいるのに、この父と母のやり取りが消えてくれない。そのうち、母が両の目を大きく開き何かを口走った。悪寒に襲われ、冬子が震え出したのである。

翌日も、更にその翌日も空地にまつわる悪夢と冷めたあと襲う悪寒が交互に訪れた。十日ほどつづいたろうか。その間冬子は、始終父と母のおぞましいやり取りにとり憑かれ、かつて賞賛と喝采で包み込んでくれた父や母の像が日を追って奇怪に歪んでいくのを記憶の底に刻んだ。

夏休みが終わって、冬子はもう一つ不思議な経験を積んだ。早苗たち仲間の五人がまるで何気なく姉を迎え入れてくれたのである。それにあの空地のときとは違い、彼らはひどく優しかった。殊に姉に対する早苗の気遣いは、当時の冬から見ても少しおかしいと思えるほど一途だった。家の近くで、仲間七人が遊ぶ時だけではない。学校でも早苗はいつも姉の保護者みたいに庇った。

こんな場面を覚えている。確か冬休みを迎える数日前で、学校の裏だった。姉は三人の下級生に取り囲まれ、口汚く罵られていた。冬子は、トイレの脇に植えられたヤツデの葉の隙間から見守るだけで姉のもとに駆け寄ることはできなかった。姉の下級生でも、冬子にとっては一年上の上級生だったからだ。

早苗は冬子の背後からふいに姉と三人の前に現れた。怯えた姉の姿が身体の大きい早苗の後ろに隠れた。トイレの壁際に追い詰められた三人は逃げ出すことができない。授業開始のベルが鳴った。しかし早苗は睨み据えたまま動こうとはしない。一人が泣き出し、もう一人が「許して」と叫んだ。数分経ち三人が号泣し始めてやっと、早苗は姉の肩を抱きながら三人の前から立ち去った。その間ついに一言も喋らなかった早苗の瞳は、冬子がかって一度も父や母に見たことのない真剣な激怒に輝いていた。

夏休みの間に何かがあった。そう思わなければ、姉を「病気持ち」とまで断じた早苗の突然の変化は説明できなかった。もしかしたらそこに、早苗と早苗の両親を責めつづけた父かあるいは母の隠微な影があったのかも知れない。しかし冬子がそんな疑いを持ったのは。実はずっと後のことだった。当時既に母より背丈のあった早苗には、それらしきこだわりはかけらも窺えず、そして姉に比べてまばゆいほど大人だった。

二学期が過ぎ、年が明けた三学期も何気なく終わった。しかし二階ができて一年経った五月頃から、冬子は再び二階の窓際に立ち尽くす姉をしばしば見かけるようになった。前年の夏休み前と同じく。冬子が部屋に入っても振り向きさえしない姉の視線は絶えず空地に置かれた丸木の台だけに注がれていた。それは決まって、冬子を引き合いに出して父や母が姉を諭すか叱責したあくる日だった。

一年経ってなぜ姉が空地で受けた理不尽な仕打ちに拘りだしたのか、その頃の冬子はもうほとんど気付いていていた。冬子自身の目を通して、家とは別の、姉の有様を身近に見守って来たからである。

六年の新学期を迎えた姉は、思いがけない二つの出来事に見舞われていた。三月の終り突然早苗の家が引っ越して行き、五年までのクラス担任が出産休暇に入ったため赴任した。それまでの教師にとって代わったのである。早苗が去ったクラスの雰囲気は激変した。それまで姉を相手にしてくれた仲間が次第にそっぽを向きはじめ、一月もしないうち声をかけるクラスメートは誰一人いなくなった。冬子はこっそり覗いた給食時、寄り添って談笑し合う仲間から、一人ぽつんと教室の隅で床にうずくまる姉を幾度となくみかけたものだ。新しい担任教師も生徒と一緒に昼食をとっていたが、その場に姉がいないことなど気にかけている様子はまるでなかた。それにひきかえ姉の方は、床にうずくまったまま上目遣いに、しかしぎらついた眼差しで、担任教師がクラスメートと交わす笑顔、たまに脇見するときみせる固い視線、果ては口に運ぶ惣菜まで執拗に追っていた。

五月の半ばを過ぎ、時に姉を交えて父と母の苛立ったやりとりから、冬子は姉がひどく奇妙な自覚を持ち始めているのを知った。家でも学校でも誰一人振り向いてくれない孤独へ、妹も道連れにするそんな不快な自覚である。

新しい担任教師は、ひどく頬骨の張り出た三十歳そこそこの女教師だった。面長でほっそりした顔立ちの母とはどこも似たところがない。それに母と違って眼鏡をかけていた。それでも姉は、その女教師に、叱責するときの母をだぶらせていた。やや甲高く、しかし良く通る声が母とそっくりだったのである。

教室での姉は、女教師の第一声を聞いた途端、寝起きから始まる母のきんきんした膨らみのない声音を律儀に思い出した。間もなく毎日の授業で繰り返し耳にするうち、声ばかりかあらゆる素振りが母のそれと重なって見えるようになった。クラス中を見渡しながら自分の上だけ素通りする視線、給食時に自分がいないのを確かめ安堵して浮かべる笑み、なにより廊下ですれ違うとき、一瞬顔をしかめて急に早める足取り、それらは日常、台所や居間で何気なく顔が合う度に思わず顔が引きつる母の頬や慌てて逸らす眼、その後ふっと吐く深い溜息などに直に連なっていた。母は深夜、子供たちが寝静まった頃を見計らい「近頃また夏子の顔は気味が悪いほど棘だっているのよ。同じ部屋で寝起きする冬子に、なにかひどいことで当たったりしなければいいけど……」としばしば父に訴えているらしいが、女教師も自分のいないところで「妹はあんなに生き生きしているのに、姉の方はそこにいるだけで教室中が暗くなる」と呟いているに違いない。一旦そんな猜疑にとり憑かれると姉の世界は、女教師の眼鏡を思い浮かべるだけで、自分に向けた悪意の籠るその肉声に満たされるようになった。女教師の肉声はちらちら窺うクラスメートの嫌悪の眼差しと重なり合い、やがて一瞥もされない教室の寒々とした風景が日々繰り返されるこんな拷問へとすり替わっていった。

……姉は毎朝、担任教師によって教壇に立たされ、謝りなさいと強いられる。まるっきり理由がないから言い訳のしようがなく無言のまま突っ立っている。すると女教師は「……反省しないのも、にたにた笑って先生を小馬鹿にするのもあなたの自由です。でもあなたみたいな姉を持った妹さんがどんな気持ちでいるか少しは思い遣ったことがありますか」と邪険に突き放す。途端にクラス中が揶揄と哄笑に包まれ、席に戻った自分に蔑みの眼差しが降り注ぐ……。

母は幾度か、冬子の担任教師から始終指名を受けるという自慢話を父に漏らしていた。冬子の場合、姉の描く捏造の世界とは違って賞賛を受ける立場だったが、それを盗み聞きした姉は、クラス全員の注視を浴びるという事実に秘かな暗示を得た。これはどこかで繋がっている。冬子はいつもクラス中の羨望の的になっているらしいが、それはきっと同じ学校に姉妹として比較しやすい自分がいるからだ。でも自分がいることで逆に、冬子もいつか皆から毛嫌いされるときが来るに違いない。姉はそう思い込み、一年前に起きた空地での出来事にこんな救いを求めた。

――あの日、ずっと自分だけを除け者にしてきた早苗たちは、とつぜん「冬ちゃんも病気持ち、一緒にいたらうつる」といって逃げ出した。それもたった一度、冬子を自分の側に誘い入れただけでそうなった。父と母はまるで気付いていないが、あのとき自分ははっきりわかった。冬子も自分とそっくりの病気を持っていて、他人はその臭いをかいだだけで逃げ出していく。冬子が学校で自分と違った扱いを受けているのは、まだ誰もこの事実を知らないせいだ。誰かが冬子に「あなたもお姉さんとそっくり」といい出せば、担任教師やクラスメートの賛辞の眼差しはたちまち嫌悪のそれへと変わるはずだ。そしてこれがとても大事なことだが自分と冬子をこんな「病気持ち」にしたのは父と母だった。このことは冬子にもぜひ伝えておかなければならない。そうすれば冬子もやがて親たちやクラスメートに背を向け、自分と同じ他人とは決して触れ合うことの出来ない怖ろしい世界を共有してくれるに違いない——。

父や母から叱責を受けたあくる日、姉が窓際に立ち尽くすのはこの自覚からだ、と冬子は知っていた。こんな事態がつづけば、いつか姉が望むように自分にも姉とそっくりの病んだ世界がとり憑いてしまう、その不安も日毎に高まっていた。それでも冬子は、父や殊に母に対して、口うるさく咎めないよう忠告することができなかった。父と母の姉を窺う眼差しに、しばしば姉の描くクラスメートや教師と同じ悪意が籠り、それが冬子の記憶の襞に、あの悪夢の中で聞いた父と母のおぞましいやりとりとなって囁きかけるからだった。

しかし越谷にいた間、冬子はまだかけがえのない逃げ道があった。

越谷の家の回りは、二十五坪か三十坪そこらの敷地に目一杯建てられた数十軒の家々で埋まっていた。前の道路では始終子供たちが遊んでいて、彼らの泣き声や嬌声に混じって付き添う母親の叱責やなだめすかす声が飛び交い、陽が落ちるまで静かな時間はめったになかった。その道路も舗装されていず、雨が降りつづいた後の休日には大人たちが総出で、至るところにできた道路の水溜りに砂利をしいてまわった。時には冬子たち小学生の仲間も手伝い、作業を終えた昼休みには一人一人におやつが出た。おやつを食べる間冬子はいつも、傍らで談笑にふける親たちの会話に自分の名が賞賛の的に上がるのを聞いていた。たまには姉も話題になったが、たいてい冬子を褒めそやす引き合いとしてだった。受け応える母の笑顔も自信に満ち、露ほどのてらいなかった。それほど誰もが家庭の事情を知り尽くし、変に隠し立てする気遣いはほとんどいらなかった。

冬子は今でも覚えているが、登校間際、父や母の叱責のあと姉の泣き喚く声が隣近所に響きわたった朝でも、家を出るともう別の世界が待っていて、表で出会う大人たちの「お姉ちゃんと比べて冬ちゃんは偉いね」といいたげな笑顔に、真顔で誇り高い挨拶が返せたものだ。そこにはぶしつけではあっても耳障りのよい響きに満ち、家の陰気な諍いから冬子を救い出してくれる恍惚とした響きがあった。

間もなく冬子にとって不吉な行末を予告する逗子への転居が近づいていた。冬子が四年の一学期を終えた夏休み、父はとつぜん越谷から逗子の新居へ移ると告げたのである。新居の購入や越谷の家の売却など父と母が半年以上も話し合いを続けた気配は知っていたが、冬子にすればそれはやはり突然の転居であった。

逗子へ移って全てが変わった。越谷と違い逗子の家には、遊ぶ子供たちの嬌声もなければ何の遠慮もなく冬子を褒めそやしてくれる大人たちの素朴な笑顔もなかった。姉と父や母との諍いはとめどなく家の中だけに閉じこもり、外見を取り繕う母の笑顔は日毎に陰を増した。姉の母に向けた暴力が始まったのは、逗子へ移って僅か一年八ヵ月後である。

冬子がこうした姉と親たちとの救いのない桎梏から逃れるすべは、家族の誰にも背を向け、緘黙の殻のなかに閉じ籠ることだった。それは家族ばかりかあらゆる外界と触れ合う出口を少しづつ塞ぎ、やがて越谷で見た枇杷のどぎつい枯れ葉の世界へ自らを託しつつある不吉な予兆だったが、この事実を父もそして母もついに気付こうとはしなかった。

3

冬子は初めて逗子の新居に来たとき感じた奇妙な戸惑いを、今も昨日のように覚えている。

八月の、ひどく暑い日だった。父は、何の因果か越谷の住居地から誰かが転居するとき不思議に雨が降る、とよくいたものだが、その日はついに強い日差しが陰ることはなかった。

越谷から逗子までは恐ろしく遠かった。今では東武伊勢崎線と相互乗り入れした地下鉄日比谷線の上野駅で山手線に乗換え、更に東京駅から横須賀線に乗ったと分かっているが、あの日はそれこそいくつもの電車に半日以上乗りつづけた辛い記憶しかない。しかし冬子を除く家族は誰もが浮き浮きしていた。殊に姉は電車の中でもほとんどはしゃぎ通しで、始終父や母に、「新しい家に移れてほんとに良かった。だって越谷は海がないしどこまで行ってもののっぺりしていて、逗子とは全然違うもの」などと囁きつづけた。日頃は人目を憚りすぐ険しい顔で睨みつける父も、「そう、越谷と違って逗子は海や山に囲まれ、とても気持ちの和む風景に富んでいる。それに住んでいる人たちに品位があるんだよ」とむしろ回りの乗客に聞こえよがしに応えていた。

昼近く着いた逗子駅は海水浴客でごった返していたが、駅前から幾つかバス停を過ぎると急に人影が少なくなった。次々乗客が降りていき、最後に冬子たちのほか二人の年老いた乗客だけになったとき、父は次だからねといって立ち上がった。降りたバス停は沼間坂上というところだった。狭い窪地を這うように走る国道もすぐ先はトンネルになっていて、名前の通り沼間ではあったが坂上という感じはまるでしなかった。バスでやって来た国道を百メートルほど戻ると橋があった。橋の下は川ではなく横須賀線の線路が走り、そこはやがて冬子が幾度か身を踊らしたい誘惑に苦しむ魔の場所なった。

橋を渡ったすぐ左手から、国道と別れた楓の街路樹が並ぶ坂道があり、父は再び、ここの上だよと誇らしげな笑みで後ろを振り返った。曲がりくねったかなり急な坂道で、越谷ではこんな坂道も街路樹もみたことはなかった。

その坂道を五分ほど登ったとき、とつぜん視界が開け、とりどりの色を持つ数十軒の家が忽然と現れた。一年も経つと何気ない風景になったが、越谷のくすんだ庇と庇が重なり合う家々を見慣れた当時の冬子には、いつか絵本で見たことのあるどこか遠い国の色彩豊かな屋根と整然と配置した「おとぎ話の街」のようだった。右手の街路樹の下にはテニスコートがあって、真夏の昼過ぎだというのに二組の男女が黙々とプレーをつづけていた。越谷とはどこか違う世界に来た、それがテニスコートとプレーする男女から受けた冬子の、強い日差しが急に凍てついていくような不吉な予感だった。テニスコートの更に下を通っているはずの国道や線路は前方に突き出た丘陵に遮られて見えず、丘陵のずっと向こうにはケヤキやコナラなどの雑木、更には葉桜の生茂る山並みが住宅街を取り囲むように広がっていた。山並みはさして高くはないが、山のない越谷の、至るところに田んぼや畑が連なり、ところどころ防風林で囲まれた家々の点在する伸びやかな風景と比べて、ひどく息苦しく感じた。しかもほぼ正面に見える頂は雑木林が切れ、とがったいくつもの岩が剥き出しに重なりあっている。後でそこはかつて石を切り出した跡だと知ったが、初め見た時は何故か巨人たちの墓場に映った。この最初に抱いた戸惑いは、その後見上げる度にいつまでも冬子について回った。

住宅街を抱く後ろの山は、前方の山並みと違って黒々とした林だった。新居は一番奥の、だらだら坂を二百メートル歩いたその山際にあった。途中次々後にした家々には駐車所があり、庭があり、その庭にはカイズカイブキやマテバシイなどの植木で道路から遮られていて、越谷では当然聞くはずの子供たちの嬌声、台所や居間から表通りへじかに流れでる生身の生活の臭いがまるでなかった。それになぜか人影がどこにもない。事実冬子たちが新居に辿り着いくまで人を見たのは、テニスコートでプレーする彼らだけだった。ここは父のいう和む風景とははっきり違う、冬子が最初に受けた衝撃はそのとめどない違和感だった。

この冬子に突き刺さった違和感は、新居に着き、今度はある確かな怯えに変わった。

新居は来る途中目にした家々よりやや小さく駐車場もなかったが、道路から直に玄関に入れた越谷の家と違って、黒塗りの思い門扉があり松やヒメシャラなど数本の植木を見映え良く配置した庭には芝生が生茂っていた。玄関を上がり最初に足を踏み入れた、トイレや洗面所と廊下を隔てた部屋。ここは居間ではなくリビングルームというんだよ、と初めて耳にする部屋の呼称を父が嬉々として教えたとき、冬子だけまだドアの脇に突っ立ったままだった。姉と秋夫が歓声を上げて座り心地を確かめたソファー、ひじ掛けのついた二脚の椅子とテーブル、正面の壁の大半を塞いだ真っ白な書棚、壁はいくつかの模様が交互に並ぶこれも白い色調の漆喰で塗りつぶされ、畳ではなく絨毯が敷きつめてある。そこには襖で仕切られ真ん中に炬燵のあった越谷の居間に連なるものがことごとく捨てられていた。側面のテレビの脇にあるピノだけは越谷から運んだものだったが、こうしてリビングルームの調度として置かれるともう冬子にはとても気軽に触れ得ない遠い存在に写った。リビングルームと壁の中央をアーチ型にくりぬいてつづくダイニングルーム、更にはエアカーテンで通ずる皆で食事でも出来そうな広い台所。そこに立ち尽くした母がステンレスの流しや三台もあるガスレンジをうっとりして眺めながら、「もう台所で便所の嫌な臭いに悩まされることもなくなるわね。越谷では誰かが便所に立つ度、料理に臭いが沁みつかないかと冷や冷やしたものよ」としみじみ洩らすのを、昨日まで住んだ越谷の家がそれほど嫌だったのか不思議な気持ちで聞いた。

家族それぞれの部屋は二階にあった。西向きの一つだけある和室は父と母の寝室に、東側の、道路と隔ててすぐ林と向き合う五畳半の洋間は冬子と秋夫の部屋になった。階段を上がって正面の、そこだけベランダへ直に出入りできる五畳の洋間は夏子が使う、父がそう告げたとき、「ここが私の部屋。そうなの、ほんとに私だけの部屋なのね。じゃ、私はやっと冬子と別々になれるんだわ」と気負った声をあげてベランダへ飛び出した姉を、冬子は後になって幾度か思い出した。やがて姉は自分の部屋に鍵を取り付けた。その訳を知ったとき父はそこを姉の部屋にした重大な結果にほぞをかむ思いに駆られたことだろう。間もなくベランダが姉にとって身体を捩りながらありもしない母からの拷問を隣近所へ訴えつづける怖ろしい舞台と化していったからである。

冬子と秋夫の部屋には、越谷で姉と寝起きした二段ベッドが収まっていた。他の部屋に比べてどことなく薄暗いのは、それが南側の窓をほとんど塞いでいるせいだった。リビングルームよりずっと派手な紋様の壁紙も手垢のついた二段ベッドがあるとかえって不自然で、秋夫が「僕たちだけなんだかつまんないよ」と不平を洩らしたのも無理なかった。でもそこには紛れもなく越谷の臭いがあった。枕元に人形を下げた釘跡も揺するとギシギシなる音も懐かしい越谷の思い出に連なり、まるで今にも前の路地から子供たちの駆け回る喧騒が飛び込んできそうだった。冬子は急に救われた気持ちになり、皆が階下に降りた後も長い間ベッドの前に佇んでいた。

午後四時を回って幾らも経たないうち、陽が杉山の陰に沈んだ。すると辺りは急に音が途絶え、杉山は黒い巨大なかたまりとなって家に覆いかぶさってきた。越谷では陽の短い冬でもこんなことはなかった。冬子たちの部屋は陽が沈むまで光を浴びつづけ、家々の台所からは夕食を支度する慌ただしい物音が手に取るように聞こえていた。

「冬子、何しているの。早く降りていらっしゃい」と繰り返す母の甲高い声で部屋を出ようとしたとき、後ろでドアが飛び上がるほどの音を立ててしまった。いったん閉まるとすべてがドアの向こうに消えた。越谷の部屋への出入りは襖だった。閉まっていても中の気配はそれとなく窺え、用があれば気軽に開けられた。ここではそれぞれの部屋がドアで隔てられ、ノックしても返事がない限りむやみに入れない仕組みなっている。ふと、つい数ヵ月前親たちとの諍いのあと、ベッドに潜り込んでじっと冬子を見据えた姉のこわばった顔が甦った。これからあの顔は、家族の誰とも繋がり絶った個室に籠って何を見つめ、どんな妄想に耽るのだろうか。しかしもうここではドアに向こうへ消えたが最後伝え合う互いの情感も断ち切れ、父や母にはそんな姉の姿を思い遣る気持ちすら湧かないに違いない。冬子はその行き着く果てを想像し思わず身震いしたが、新居に移って有頂天な親たちとはこの不安を語り合うことなど出来ないと気付き、これも敷きつめられた絨毯で足音のしない階段を降りた。

冬子を除いた家族の歓談はその日遅くまで止まなかった。転居までの労苦を長々と語る父の顔は誇りに満ち、それに相槌を打つ母や姉も狭く薄汚い家から造りも調度も光り輝く新居に移れたよろこびに弾んだ。独り蚊帳の外にいた冬子は、ただ皆の浮かれた姿になにかとても大事なものを越谷に置き忘れてきている、と思いつづけた。しかし、その大事なものがなんであるかはまだほとんど分からなかった。


逗子に移り住んで七ヵ月の後、中学へ進学した姉の姿は、母への暴力を始めるまでほぼ一年の間、冬子の日常から消えた。家で姉の存在に気付くのは、ボリューム一杯に上げたカセットラジオの奏でる歌とドアを叩き「何時だと思っているんだ。ここは越谷じゃないんだぞ」と咎めるくぐもった父の怒声でふいに訪れる静寂だけだった。

休校日も姉を見かけることは滅多になかった。たまに家族全員が顔を合わせる日曜の夕食どきでさえ姉がどの位置に座り家族の会話にどんな受け答えをしていたのか、数年経った後ではもうまるで思い出せなかった。あれほど好きだったテレビも、チャンネルをいじる姉を目撃した覚えは一度もない。なによりリビングルームから姉の臭いそのものが消えていた。思えばその年、家族にとっては実に不思議な一年だった。

三学期が終わる十日ほど前の雨の朝、凶暴に泣き叫んだ姉が登校を拒み、何の変哲もなく過ぎて行ったかに見えた家族の営みを突然打ち砕いたあの日まで、父も母もそして冬子自身もそれぞれ別々に束の間の安らぎをむさぼって生きた、と冬子は後になって振り返ることができる。

近所の中学生のなかで、たった一人姉だけ徒歩で通学していた事実も、父や母はまるで何気なく見過ごしていた。冬子とて例外ではなかった。それは只事ない事態だった、と冬子が気付いたのは、二年後、姉と同じ中学へ進学したあとである。

中学校は小学校から三キロ以上遠く、途中急な坂道を登り切ってつづく長いトンネルをくぐり抜け、今度は線路際の道を五百メートルほど行った丘の麓にあった。そのため冬子たちの居住区からは、自転車に乗ることができ、簡単な交通知識のテストに合格すれば、誰でも自転車での通学が許された。越谷にいた頃、冬子は自分よりはるかに自転車を上手く乗りこなす姉を何度も見ていた。その姉が自転車での通学が出来ず、一時間もかけ独り徒歩で通学したのである。姉のために買ったはずの自転車は、冬子が通学用に利用するまで二年の間、玄関わきに晒されつづけた。それは姉にとって、越谷でのピアノと同じく、日々の屈辱を語りかける忌まわしい凶器となったに違いなかった。

自転車通学のテストになぜ姉が失敗したのか、あるいはもともとテストを受けるのを拒んだのか、冬子はついに知らなかったが、孤独な徒歩での通学が三学期のあの朝に始まる登校拒否へ連なったことだけは確かだった。後で思えば、姉は遅刻を重ねることで、長い学校への道のりの後に待ち構える校門がどれほど怨嗟の的だったか、密かに信号を送りつづけていた。しかしこの信号は回りの大人たちに届かなかった。父や母を含め、誰一人、徒歩で独り登校する姉の姿をまともに目撃する機会がなかったからである。

冬子がそんな姉に出会ったのは、中学に進学して間もない四月の半ばだった。その頃姉は、八ヵ月に及ぶ登校拒否と家でのすさんだ暴力から立ち直って既に五ヵ月経っていた。息をひそめ合い、言葉ひとつ交わすのすら怯えつづけた家の中も、何かの拍子に目を剝いた姉の「なんだよ」との一言で家族の皆が急に黙り込み、おずおず姉の顔を窺う恐怖に見舞われることは時折あったが、普段まともな夕食とたまに笑い声が混じる団欒が戻っていた。

その日、姉は三十分以上も前に家を出た。雨が降っていて、冬子が近所の仲間と出掛けるとき小雨だった雨足は、トンネルへの坂道にさしかかる曲がり角で土砂降りになった。姉はちょうどそこに立ち、傘もささずひどい猫背の肩口から不格好に首だけ突き出し、近付いてくる冬たちを待ち受けていた。最後尾を走っていた冬子は初めそれとは気付かず、仲間三人が次々自転車を降りるのをみて、やっとそこにずぶ濡れの姉がいるのを知ったのだった。

三人はハンドルを握りしめたまま暫く姉と向き合っていたが、なぜかふいに振り返って冬子を凝視した。冬子は声を掛けることができず、姉と三人を交互に見遣りつづけた。冬子に向けた彼女たちの眼は、見てはならないものに思わず触れた恐怖で吊り上がっている。冬子は自転車を停め脇の歩道に立つと、三人は小走りにで五六歩退き、再び姉に向かい悪夢にあって醒め切らず洩らすときの引き攣るような呻きを上げた。その呻きを耳にした途端、冬子はまるでそっくりの出来事が四年前の夏休み、越谷で起きたのを思い出した。家の前の空地で〈かごめゲーム〉の最後に、独り除け者にされつづけた姉が自分の側に冬子を誘い込もうと、ルール違反を承知で繰り返し冬子だけを名指し、ついには姉の思惑通り早苗たち五人から惨めに疎まれた記憶である。すると突然、雨足が遠のき、あの真夏の日差しと空地に捨て置かれた丸木の台が鮮やかに甦った。そこにはたしかに早苗がいて、冬子を手招きしながらしきりに何事かを語りかけていた。

「何なの。何と言っているのかよく聞き取れない」

何度かそう問いかける冬子に、早苗は苛立って近づき、三度吐息を吹きかけ忽然と消えた。早苗が消えた後、しかし冬子の耳には、吐息の感触に混じって早苗の洩らしたこんな忠告がはっきり残った。

「すべては越谷からでて行ったせいよ。ここにいる限り、もっとひどいことになるわ」

数年の後、冬子はこの日幻覚の中で聞いた早苗の声を記憶に留め、冬子の前に現れた左右どちらかの道の選択を迫られた時、神の啓示として左と叫ぶ早苗の声に従った。

どのくらい経ってか、そこに早苗などいるはずがないと我に変えたとき冬子が見たのは、三人の自転車が坂道も厭わず先を争って逃げ去る姿だった。姉はまだ閉じた傘を握りしめたまま降りしきる雨の中に立ち尽くしていた。その姿に冬子はこみあげる怒りで自制を失くしかけたが、ついに一言も声をかけないまま再び自転車に乗った。

そしてトンネルをくぐり抜け、つい今しがた向き合ったはずの姉の眼差しが、瞬時も冬子たちに向けられていなかった事実に思い当たり息を飲んだ。姉は薄ら笑いを浮かべつつ、冬子たちではない他の誰かを相手に、脈略のない独り言を喋りつづけていたのである。仲間の三人が冬子を見捨てて我先に逃げ出したのも、そんな姉の姿に説明のつかない恐怖を覚えたからに違いなかった。

思うに姉は、冬子たちを待ち受けていたのではなかった。それどころか、姉が現に立尽くして場所そのものが通学途次の坂道ではなかった。そんな姉の視界に、目の前でふいに自転車を降りた冬子たちなどかけらも存在しないのも当然だった。姉の意識は、雨の降りしきる外界ではなく家の中にあったのである。土砂降りに傘を差さないのもそのためだった。多分姉の前には詰問する母か父のどちらかがいた。かつてそんなときあらぬ応え繰り返しながらせせら笑う姉を冬子は飽きるほど見てきた。

ずぶ濡れでさえなければ、その姿と冬子や仲間三人の前に立ち尽くし独り言を呟きつづける姉とはぴったり重なっていた。

冬子は今更の如く、ほとんど毎日同じ時刻この同じ場所で、かって登校拒否に行きつくまでの姉と出会ったクラスメートの恐怖を想った。

当時の姉は、いまよりもっと心のうちに逆立つ苛立ちと数年の間淀みつづけた親たちへの暴力の情念に満たされていて、外界の事象などほとんど眼に映らなかった。登校途次、わざわざ自転車を降りたクラスメートが声をかけても、その目にあったのは現にそこにいる仲間ではなく、父や母かあるいは冬子の顔だけだった。そのため視線はきちんと合っているのに、薄ら笑いを浮かべた姉の口元からは場違いな独り言が洩れつづけていた。それはまるで彼女たちを嘲っているかに写り、初めのうち幾人かは本気で訳を質そうとしただろう。しかし返ってきたのは、突飛な奇声か甲高い笑いでしかなかった。ときにはふいに眼光が宙に浮き、『気味が悪い。あなたは病気持ち』と早苗が断じたあの幽霊の顔に変わったかも知れない。途端に彼女たちは恐怖に襲われ、パニック状態になってただもうやみくもにペダルを踏みつづけた。それでも彼女たちの網膜には姉の不気味な現像が執拗に取り憑き、学校に着いても授業が始まっても容易に振り解けなかた。

間もなく彼女たちには、姉が何か途方もない病に冒されていると写り始めていた。しかしそれがどんな病かは分からなかった。分からないことが一層彼女たちの恐れと嫌悪を募らせた。姉と僅かでも触れ合えばいつか自分たちも姉と似た病に冒される、その確信が彼女たちの間に広がるのに時間はかからなかった。授業を始まるまでの僅かな時間、周りの喧騒で一旦は忘れるが、遅刻して独り教室に入る姉を見かけると、再び途中目にした姉の薄笑いと独り言がまざまざと甦った。ましてそんな姉から、親しげな声でもかけられれば、思わず逃げ出すか大声で面罵したい衝動を覚えただろう。この繰り返しがつづくうち、彼女たちにとっての姉は、もはやクラスメートなんかではなく何か皆を陥れる魔物のような存在と化した。それは冬子が自分の身に置き換えてみるとき、まるで我がことみたいに良く理解できた。姉の醸し出す病的な世界に連なっていればいつか自分もそうなる、その予感がどれほどの不安をもたらすか冬子は身に染みて経験していたからだ。やがて彼女たちは、姉と同じクラスになった不幸から、姉の回りに牢固な垣根を築くことで自衛していった。

これが当時の姉とクラスメートの世界だったのである。

こうして姉はいつか自分だけの世界に追い込まれた。越谷でも似たような孤独はあった。でも越谷では早苗がいた。早苗が去った後は早苗の残してくれた思い出があった。逗子では早苗に代わる存在が誰一人いなかった。姉の回りにあったのは、ただやみくもに姉を怖がる凍てついたクラスメートの群れだけで、越谷にいた頃のような不愉快ではあっても嫌悪の情を素直に見せる眼差しすらなかった。姉に残された途は、授業中の教師の声はもちろん休憩時のクラスメートの醸し出す喧噪を拒み、ひたすら内に籠りつづけることだった。家でも学校でも一切の対話を閉ざし他人とのあらゆる連なりを失うこと、それは既に親たちに向けた凶暴な暴力の妄想に踏み込む前兆だった。そしてたった独りでこの妄想にふける時間が実に一年近くに亘ってながれつづけたのである。

姉が自分の内面に閉じこもりやがて家庭内暴力に至るまでの一年、親たちはといえば、こうした姉の不穏な世界を何一つ予感できない至福のなかに生きていた。冬子は今に至るも、親たちが姉を寸時も気遣わなかった、といいきることができる。いったん勤めに出ればば始終外泊するか帰宅しても大抵深夜に及ぶ父はもちろん、夥しい時間家で姉と接したはずの母までかけらも気に留めた気配はない。

当時の父と母の日常は、病んだ姉の世界とは決して触れ合えないところにあった。それをもたらしたのは三才になった秋夫の存在だった。母の視界にはいつも秋夫がいた。いや秋夫しかいなかったというべきだろう。それは父とて同じだった。父は休みの日になると決まって、秋夫をつれフィールドアスレチックスに出掛けた。冬子は、恐らくは姉も、かつて一度も父に伴われてどこかへ出掛けた記憶がない。今では懐かしい笑顔とさえいえるが、連れだった父と秋夫を送り出す母には、姉が凶暴に登校を拒んだあの朝以来再び甦ることのなかった澄んだ笑みが顔中に広がっていた。母に応えて、振り向きざま秋夫とおどけて見せる父にもほんの僅かな屈託すら窺えなかった。その情景はまるで、冬子と姉を締め出した三人だけの絆を、誰憚ることなく確かめ合う儀式に見えた。夕食の団欒はすべての話題がその日の秋夫の一挙手一投足に注がれ、秋夫を交えた父と母の談笑はとめどなく弾んだ。殊に、また一つフィールドアスレチックスの課題をこなした秋夫の自慢話が何より親たちの歓喜を呼んだ。後で冷静に振り返れば、目を塞ぎたくなるほど互いに競い合ってはしゃぎつづける親たちの姿は、もしかしたら越谷での姉にまつわる暗い記憶から逃れようとする必死のあがきであったかも知れない。しかし当時の冬子にはそうは映らなかった。冬子や姉との間に日々垣根を築いていく陰険な企みと見えたのである。そんな親たちに冬子が出来た唯一の手立ては、一切の受け答えを拒み、ひたすら緘黙することだった。その緘黙のなかで冬子は、越谷で父の植えた三本の枇杷の木の顛末を思い浮かべていた。一本はすぐ枯れて抜き取られ、二本目も逗子に転居した年の梅雨時、どぎつい赤い枯葉をつけたまま立ち枯れ、残りの一本だけが力強く生き残ったあの事実である。秋夫を交えて父と母が繰り広げる団欒は、枇杷の木の顛末が暗示する家族の姿に近づいていた。三人いる子供のうち一人の娘はその場から消え、もう一人はまるで場違いな存在とでもいうかのように緘黙したままだ。それでも食卓の周りは、一人の幼い息子に注ぐ親たちの喝采と歓喜の笑いが渦巻いている。それはどう見ても、五人いるはずの家族が夕食時くつろぐ自然な団欒の図ではなかった。だが父と母は、その団欒がまともでないこと、そこにやがて訪れる不吉な兆しが潜んでいることなどほとんど気付こうともしていなかった。

もし母が姉の部屋を、絶えざる緊張のうち姉を見守った越谷時代の眼差しで眺め回すことがあったら夕食の団欒はもっと違ったかたちをとった、と冬子は、姉の母への暴力が始まった後になって思い返した。

確かに当時姉は、自分の部屋に鍵を取り付け、家族の誰にも覗かれない工夫を凝らしてはいた。それでも母が、姉とのどんなやり取りののちそうできたかは分からないが姉の部屋に定期的に踏み込んでいたのは間違いなかった。ベランダへはいやでもそこを通らざるを得なかったし、冬子はベランダに干された蒲団を何度も見かけているからだ。

姉の部屋は尋常ではなかった。埃りまみれで散らかし放題なのはまだしも、いつからか家族と断絶した生活の場にすり替わっていた。食い散らかしたカップヌードル、腐りかけた菓子パンの残骸、お椀や皿、幾つものコップが机やサイドテーブルに溢れ、新調して間もないベッドのかけ蒲団は干からびたミカンの皮とポテトチップに汚され見るかげもなかった。教科書やノートの類は一切見当たらず、その代わりカセットテープの山が絨毯の至るところに積重なっていた。母は部屋に入る度、台所で始終見当たらないコップや皿がそこにあるのを見て顔を歪めただろう。そして蒲団を抱えたまま立ち竦み、暫くはベランダまで運ぶ気力すら湧かなかったに違いない。やみくもに通ろうとすれば、カセットテープの山に足を取られて転びかけ、激怒の余り蒲団をベッドに放り投げたことも一度や二度ではなかったろう。冬子は無表情な姉をなじる母の、こんな虚しい小言を幾度か聞いている。

「ベランダへ出るのはあなたの部屋を通るしかないのよ。少しは家族のこと考えたらどう」

しかし母が姉の部屋から受けた衝撃は恐らくそこまでだった。その頃の母にとって姉の部屋は、ベランダへ出るための単なる通路でしかなかった。でなければ、そんなお座なりの苦言ではなく、「一体どうしたっていうの。ここに入る度に、越谷の頃を思い出して震えが出てくるほどよ。何か恐ろしいことが始まるんじゃないんでしょうね」とある日突然襲ってきそうな不安を思わず口走ったか、いやむしろかつての記憶が囁きかけてくる怯えに竦んだまま問いかける言葉すら失っていたはずだった。それほど姉の部屋は姉の心の内に巣くう途方もない荒廃を晒していたが、それが物語る抜き差しならない警告を読み取るほど母はまだやましくなかったともいえた。

冬子がこんな姉の部屋を目撃したのは、姉が中学へ進級した五月の連休だった。その部屋は母を激怒させた剥き出しの頽廃とは違っていたが、そこに至る確実な暗示があからさまに残されていた。

それでも皆が揃って出掛けたわけではないと冬子は知っていた。数日前からの風邪でうつろなままベッドにいた間、階下から漏れ聞こえるやり取りは、どこかへ遠出する期待と興奮で勇み立っていたからだ。姉が混じっていればそうはならない。甲高い声ではあっても、苛立つ怒声と不機嫌な叱責に澱んでいるのが常だった。

家の中が静まり返った後、冬子は三度階下へ降りた。朝食の後の薬を服用するためとトイレと洗面所に二度づつである。しかし三度とも何気なく階段を降り途中目にしながら姉の部屋のドアが半開きに開いているのを見過ごしベッドに戻った。まさか姉が部屋に鍵を掛けないまま外出しているなど思いもしなかったのだ。

三度目自室に戻ってどのくらい経ってか、既に昼を回っている頃だったが、足を引き摺る気怠い靴音が家に近づいて門の前に止まり、そのまま いくら経っても家の中に入って来た気配がなかった。それはいつどこでも聞き分けの出来る姉の足音で、姉がずっと玄関の前に佇んでいるのか不思議な気持ちにかられた。冬子は妙な苛立ちを覚え階下に降り玄関を開けたが、そこに姉がいたらしい気配はまるでなかった。表通りにもそれらしい人影は消えている。急に身震いがして再び二階へ上がり、そして何かに誘われるみたいに姉の部屋の前に立った。ドアが開いていた。

雨戸を締め切った姉の部屋は、はじめ何も見えなかった。次第に目が慣れるにつれ、ベッドのわきに堆く盛り上がった白い塊があるのに気付いた。それでもなお暫く、それが一体何の固まりなのか分からなかった。やがてベッドの脇だけでなく、机やサイドテーブルの上にも一様に白いもので覆い尽されているのが分かり、ようやくそれが使い捨てられた夥しいテッシュペーパーであるのが見て取れた。それは息を飲む異様な光景だった。部屋からテッシュペーパーの残骸の他は全てが消えている。通学用の鞄も毎日聞くはずのカセットテープもテッシュペーパーに埋もれ、ただベッドの掛蒲団だけが場違いにきちんと敷かれている。掛蒲団には真赤な布地に白く隈取られた大小の菊の花柄が整然と並び、まだらに散らばる布地の赤を除けばまるで部屋全体が白一色で塗りつぶされたかのようだ。姉は一体この膨大なテッシュペーパーを何に使ったのだろう。そういえば深夜しばしばくっくっとくぐもる忍び笑いが漏れ聞こえていた。するとあれは笑い声などではなく、毎夜繰り返した嗚咽だったに違いない。部屋に撒き散らされたテッシュペーパーも、嗚咽でとめどなく溢れ出た涙を拭きとった残骸であれば説明がつく。それにしても姉はなぜこれほどのテッシュペーパーを投げ捨てたままにしておいたのだろう。冬子は改めて、きちんと敷かれた掛蒲団と部屋中に散らばるテッシュペーパーの奇妙な取り合わせを凝視した。凝視するうち野放図に撒き散らされたかに見えたテッシュペーパーがあるときからベッドの脇だけに意図して捨てられていることに気付いた。掛蒲団の菊の花柄が、こんもり盛り上がるテッシュペーパーの堆積と重なることで精気ある生きた花弁みたいに宙に浮き、同時にテッシュペーパーの堆積も中にきな臭い異物を覆い隠した不吉な塊に見えだしたからだ。いったんそう見えだすと、そこは神聖な儀式でも執り行う祭壇か何かに思われた。いつの時点か姉が、この思いがけない発見に出会い、不思議な興奮を覚えたのは確かだ。でなければベッドの脇だけ殊更盛り上がるような捨て方をしたはずはない。それに塊の上には、丹念に折り畳んだテッシュペーパーが随所に置かれている。姉はそうすることで、何かとても大事な儀式に立ち会ったつもりになっていたのだろう。もしかしたらその塊には、姉を駆り立ててやまない思い出が潜まれていたのかも知れない。思い出はめくるめく回転し、ついには父と母への一切の思いを断ち切る決断へと連なったのだろう。毎夜聞いた姉のとめどない嗚咽は、親たちとの決別に伴う感情の高まりだったに違いない。冬子は今やはっきり居住まいを正し、一枚一枚のテッシュペーパーに自らの秘事を託し続ける姉の鬼気迫る眼差しを思い描くことができた。すると部屋全体から醸し出る鳥肌立つ冷気を感じ、思わず後ろを振り返った。誰もいなかった。

真っ白な菊の花柄とテッシュペーパーの堆積、確かに冬子はこれとそっくりの構図をどこかで見た。安置した棺を覆う白い布とその横に飾られた菊の生花の記憶である。その記憶には巨大な姉の姿だけがあって、父と母は姉の陰に隠れていた。突然、かつて一度も思い出すことのなかった姉の号泣が甦った。六年も前の冬子が小学二年の夏、母方の祖母の葬儀で目撃した出来事だった。あの時姉は、参列者の全てが唖然と見守る中で棺に取りすがって号泣した。いったん咎めようと近づいた父と母は、その狂気に近い号泣にたじろぎひきさがるしかなかった。どのくらいつづいたろうか。とにかく冬子の記憶には姉の号泣だけがあって祖母の葬儀に伴うあらゆる場面が消えている。姉もちょうど今の冬子と同じく、無造作に捨てつづけたテッシュペーパーがいつか形をなした塊になり、それが掛蒲団の菊の花柄と結びついたとき、祖母の葬儀と葬儀に籠めた自身の号泣をはっきり思い出したに違いない。そしてその時点で姉の記憶は止まり、嗚咽が始まった。嗚咽のあと棺と化したテッシュペーパーの堆積の中から、今度は祖母のこんな囁きが執拗に纏いついた。

「良く覚えておくのよ。なぜあの人たちがあんなに楽しげなのか、どうしてあの人たちの中にあなただけがいないのか絶対に忘れないでおくのよ」

声の促す向こう側には、安穏な家族の団らんがあって、しかし姉だけは外されている。姉が一歩でも近寄ろうとすれば、団欒は確実にその同じ距離退いていく。大声で呼び止めれば、団欒の輪は背を向けて凍てつき動かなくなる。ついには団欒が消え、代わって怯えた姉をこともなげに見つめる親たちが立ち塞がる。やがて耳元でささやつづけた祖母の声は、そんな親たちを断罪する恐ろしい叫びとなって部屋中に満ちた。毎夜嗚咽の果てに律儀に訪れるこの挿話をなぞるうち姉は、祖母が送る厳粛な警告を親以外の誰かに伝えるべく自覚を持った。選ばれた相手はまたも冬子だった。

そこまで辿り着き冬子はようやく、父と母の居留守を狙って、なぜ姉が門まで来て玄関に入らずこっそり姿を消す不可解な行動に出たのか理解できた。

しかしこの姉の自覚は冬子にとって、いいようもない不快な誘いだった。それは祖母の葬儀で目撃した姉の号泣が、とうに記憶から消したはずの祖母の幻影をつきつけ、今なお冬子が最後の拠り所として残した越谷の思い出をずたずたに汚しかねないからだった。

かつて祖母は何の前触れもなく、屡々越谷の家を訪れた。祖母が現れると、祖母と姉のいびつな関りが家中を覆い、父と母、それに冬子はそれぞれの立場を奪われた。殊に母は日頃の冷たい仕打ちを姉から告げ口されるのを恐れたのか、途端に姉にかしずいた。父も祖母へそらぞらしい世辞を撒き散らし、隙をみては姿を消した。どこへも逃げ場のなかった冬子は、祖母が姉だけに与えるお菓子や折り紙などの土産をただ無表情に見つめていた。あくまで欲しがるまいと決意した硬い眼差しがひどく祖母の機嫌をそこねたのだろう。決まって母に質すこんな嫌味を聞いた。

「この子は具合でも悪いのかい。目付きがいやに逆立っているじゃないか」

「ええ、三日前から少し風邪気味らしいの」

この母の弁解は偽りだったが、冬子にとってはむしろ救いとなった。祖母のいる間、病んだ身として祖母との一切の受け答えを拒めたからだ。

一方姉はといえば、祖母の側にぴったり寄り添い、便所まで連れ立った。冬子は今でも、台所に立つ母に居丈高になじる二人の醜悪な姿を忘れていない。

「早くどいてよ。邪魔でしょう」

「本当だね。お前がそこにいると。便所にも立てやしない」

こんな理不尽な振舞いにあっても、母な抗弁するどころかいつも卑屈に詫びた。それがいっそう祖母への嫌悪をかき立て、その息遣いを耳にするだけで身体が竦んだ。それでも、祖母と姉が淫らにじゃれつく場から逃げだそうとはしなかった。幾日か経って祖母が帰るとき、鬱陶しい病がいえた後感じる、あの浮き立つような爽快感に浸れるからだった。冬子が人への嫌悪の情はいつしか愉悦をもたらすと初めて知ったのは、祖母を通してである。

祖母が越谷の家を訪ねてくる度、冬子の祖母への嫌悪の情は膨らんでいったが、父と母は、一度たりともこんな冬子の心の内を顧みることはなかった。母が気遣ったのは、祖母がなぜ姉だけを殊更偏愛するか、ということに過ぎなかった。冬子はしばしば、父と母が交わすこんな苛立ったやり取りを聞いている。

「お祖母ちゃんはどうして他の孫たちと区別して夏子だけを偏愛すのかしらね」

「確かにお前の兄妹たちにとってはやりきれない思いだろう。お祖母ちゃんが自分の子供にはとても邪険に接しているのを見ているんだから」

この父と母が語る孫たちのなかに自分は入っていない、と冬子は最初から気付いていた。当時の父や母にとって冬子は特別の存在だった。祖母の、姉だけを区別した偏愛がどれほど繰り返されても、冬子に限ってその風波を浴びるはずがない、と思われていたからだ。それは日頃、冬子と比較して姉を差別した親たちの眼差しにあった。その歪んだ眼差しが、冬子を見るときもまたふくらみを失い、冬子とてひがみや祖母への嫌悪を抱くかも知れないなどかけらも思い至らなかった。

もしかしたら祖母は、その事実を知り尽くしていて、姉をこれ見よがしに偏愛し、それが如何に無残な結末を招くか親たちに諭そうとしたといえなくもなかった。だが祖母の偏愛は、ついに何一つ親たちへの戒めとはならなかった。かえって姉に向けた父と母の不満は募り、祖母の帰ったあと母が「お祖母ちゃんが可愛がるといってのぼせるんじゃないのよ」と当たり散らせば、父も「お祖母ちゃんが見える度にこの子はだめになっていく」と咎めた。

こうして姉は、祖母が亡くなった時点で、肉親と呼べるべき一切の連なりを失った。棺に籠めた姉の号泣も、祖母の死を悼む号泣からではなく、独り取り残された孤独の恐怖にあったのである。しかしこの姉の落ち込んだ孤独の恐怖は、父や母には決して見えない恐怖だった。祖母に疎まれた冬子だけが窺うことができ、それだけに不快な出来事だった。姉の号泣で、さりげなく終わるはずの祖母の死がやがてなにがしかの意味を持ちかねなかったからである。

それでも冬子は、祖母の死と共に祖母にまつわる全ての記憶を消すことができた。かつて祖母が繰り返し母に質した嫌味や、あの、絶えず生理にまといついた息遣いもついぞ甦ることはなかった。一年経った後では生前の祖母の顔立ちすら記憶の底に沈み、何度遺影を見ても確たる像を結ぶことはなかった。恐らく姉はこんな冬子を長い間見守って来ただろう。冬子が自分とは裏側の世界にいて、祖母の死にどれほど晴れがましい思いをしたかを心に刻み、その代償として冬子も自らの孤独と道連れになる義務がある、と思いつづけていたに違いない。

そして父と母が寝込んだ冬子を残して遠出すると気付いた姉は、ついにその日が来たと小躍りしながら部屋の扉を開けたまま家をでたのである。姉には独り残された冬子が必ず部屋を覗くとの自信があった。一旦覗けば、毎夜自分が見つめてきた祖母の語る、姉だけを邪険に除け者にする父と母の罪深い挿話を冬子もまた体現する、その確信も揺るがなかった。ただ一つの不安は冬子の風邪がかなり重く、もしかしたら部屋の扉が開いているのすら目に留めないかも知れない危惧だった。姉が昼過ぎを待って家に引き返し、様子を窺ったあと姿を消したのはそのためだった。

この姉の思惑は恐ろしいほど確かな暗示となって冬子を引きずり込んだ。

現に冬子は、テッシュペーパーの堆積と菊の花柄が奇怪に織りなす部屋にひとりでに導かれ、はるか以前消したはずの記憶をひとつづつ丹念に思い出しつつあった。真っ先に浮んだのは祖母の弛んだ頬、母とは違う一重瞼の細い眼だった。笑うと鼻筋による二本の皺も記憶に過ったが、それはあくまで姉だけに向けられたもので、冬子へは陰険な細い眼と時には唾が飛ぶ尖った唇しかなかった。唾で濡れたその唇は、かつて一度も「冬子」と名指しで呼んだことはなく、甲高い母のそれとは違って低いだみ声だった。その声が「この子はどうしたというんだい。一言も口をきかないじゃないか」と質した途端、母がおうむ返しに「この子はいつもこんな調子だから気にしなくていいの」と応えるとき、祖母だけでなく母からも他人としてあしらわれた不信に喘いだものだった。その荒んだ孤独の記憶が再び呼び戻されようとしている。

どのくらい姉の部屋の前に立ち尽くしていただろう。ほんの数分だった気もするが、もしかしたら一時間以上釘付けだったかも知れない。しかしもはや一刻の猶予もなかった。すぐにも祖母の記憶を消さなければ、姉が手を広げて待つ灰色の世界へ誘い込まれてしまうだろう。そこは親からもクラスメートからも一顧だにされない孤独の恐怖に塗りつぶされている。冬子はもう躊躇しなかった。それでも姉の仕掛けた不気味な呪縛を断ち切って踝を返し、後ろ手で力の限り扉の把手を引くまでなお暫くの時間がかかった。扉は家中に響くほど音を立てて閉まり、やっとテッシュペーパーの堆積と菊の花柄が視界から消えた。すると祖母にまつわる思い出も嘘のようにぼやけ、急に風邪の虚ろな気分に引き戻された。

冬子はその日のうちに、姉への全ての思いを閉ざした。姉との拘りは頑強に避け、家の中でもできるだけ顔を合わせまいと努めた。しかし秋夫を挟んで父と母が繰り広げる喧噪は、いつの間にか耳鳴りのように響く姉の高笑いを運び、テッシュペーパーの堆積と菊の花柄が導くおぞましい記憶へいざなった。

4

姉が母への暴力を繰り返した日々から四年経った。冬子は今、自分の個室に入る。今年の梅雨時、庭の一部を潰して増築した部屋で。ダイニングルームと直につづいている。通風孔はなく、窓を閉めれば、部屋の空気はいつまでも淀んだままだ。それでいて保温機能はほとんどなく、まだ十月中旬だというのに明け方は震えあがるほどの寒さが襲う。ダイニングルームとは壁とドアで仕切られているが、家族の誰かが階下に降りてくればその足音で誰が来たかすぐに分かる。自分の個室が出来たという実感がまるで湧かない。殊にリビングルームで父と母が密談を始めると、話の中身までは聞こえないがそれとなく怯えた気配ははっきり読み取れる。それは父や母にとっても同じらしく、咳払いしただけでひそひそつづいた二人の話し声はぴたりと止んでしまう。後に張りつめた沈黙がつづき、その沈黙を破って冬子に声を掛ける気力は二人ともとうに失くしている。

四ヵ月前にできたこの部屋は、当初は秋夫の個室になるはずだった。それも一階に急拵えの安普請で付け足すのでなく二階にできるはずだった。秋夫が四年に進級する春までに、家全体をそれなり改造し二階に秋夫の個室を造る、冬子と秋夫は幾度も父からそう聞かされていた。しかし冬子が高校に進学して一ヵ月の後、計画はふいに変った。父は、冬子と秋夫を更に一年もの間同じ部屋で寝起きさせる訳にいかない、と決断したのである。恐らくその頃、父と母は二人揃って冬子が進学し始めた高校から呼び出しを受けていた。そこでクラス担任の教師と親たちの間に何が話し合われか冬子は知らない。ただ担任教師から、「お姉さんが中学生の頃、君もずいぶん苦労したらしいね」とさりげなく触れられただけである。家ではまるで話題にならなかった。父はもちろん普段はすぐ訳を質したがる母も、頑なに口を閉ざしていた。多分言葉にしたとき、冬子からまともに返されるかも知れない詰問を受け止める心の備えが出来ていなかったのだろう。それは親たちにとって青天の霹靂ともいえる事態のはずだった。

冬子は高校に進学した時点で、新たなクラスメートとの自然な触れ合いや授業中教師の声に耳を傾けることができなくなっていた。いやそれだけではなかった。絶えず忍び寄る妄想と向うち、ひとりでにほくそ笑みが浮かび、時には突飛な独り言が口をついて出た。はっと気付いてあたりを見回したときは、授業を中断した教師の怪訝な顔と教室中が注ぐ説明がのつかない恐怖の眼差しに満たされたていた。それでも休憩時には、事情を質すクラスメートの真摯な問いや教師の不機嫌な叱責が幾度か繰り返された。しかしそんな関係もほぼ一月で終わった。五月の連休を過ぎる頃には、冬子の回りは牢固な無言の垣根が連なり、クラスメートばかりか教師たちも一顧だにしなくなった。朝九時前に登校して一日が終わる午後三時まで、他人から受け取る片言の言葉すらなく、自分の方から発信する機会も全て奪われること、それはちょうど姉が家庭内暴力を始める前の状況とそっくりだった。しかし冬子は、姉と違って登校を拒否するつもりは決してなかった。自分の落ち込んだ世界をどこまでも見据える覚悟だったからである。その行き着いた果てに、底の方で燻りつづける「殺意」がいつかは具体的な行動へ転化するこだまとして奇怪に響きつづけていた。冬子のほくそ笑みや独り言は、こだまが暗示する抑えきれない愉悦との密かな対話だった。

実をいえば、既に中学時代の高校受験期にその兆しは始まっていた。一旦始まると、教科書や参考書の文字が一斉に消えていき、代わって姉や親たちとの間で起きた幾つもの陰惨な挿話がページをめくる毎に立ち現れた。挿話は姉の母に向けた暴力から一息に過去へ遡り、最後は決まって越谷で炬燵を囲みながら父の出した枇杷の実にまつわるテストの場面へと行き着いた。すると必ず、父はテストの題材にミカンやリンゴではなく何故枇杷を選んだのか、その拘りに取り憑かれ、逗子へ転居した年の梅雨時立ち枯れた枇杷の木の毒々しい枯れ葉が一枚一枚丹念に甦った。父はかつて、枇杷の木は家の毒素を吸い取ってくれると教えた。だが父が本当に諭したかったのは、家の毒素を吸い取るのではなくお前の生が枇杷の木に宿り、やがては共に枯れていく、そう予告することだったのではあるまいか。冬子は枇杷の木の枯れ葉を思い出す度に、この疑惑が揺るぎない確信へと固まっていくのを反芻しつづけた。そこにはもうひとつ、父が母と交わしたおぞましい断罪も憑りついていた。早苗たちとのかごめゲームのあと、高熱にうなされた冬子に繰り返し訪れた幻覚である。あの時、「なんてことなの。冬子も夏子とおなじだったじゃありませんか」と詰問した母に応えて、父はこういい切った。

「二人とも病気持ちだった。俺たちは子供を設けるべきではなかったんだ」

あれは幻覚だったのだろうか。それにしては四六時中冬子の内奥にあって、しばしば現に耳にした明瞭な言葉として囁きかけた。冬子はそこに、いつも自分を促して止まない破滅への衝動が蠢くのを見つめてきた。見つめた先に、姉が誰でも進学できる市立女子高へ通い出して二年経ち、全ては過ぎ去った出来事と安穏に構える親たちの平和な顔があった。その顔からは、姉が頑強に登校を拒んだ朝、突然訪れた事態に立ち向かった緊張も、その後八ヵ月つづいた姉のやみくもな暴力に耐えた忍耐も消えていた。何故親たちは一切の過去を断ち切って何事なく談笑し、断罪したはずの姉や自分に臆面もなくにこやかな笑顔をむけることができるのか。この不信はやがて振りかざす刃となっていつかある線を超える、冬子はそこに至る時間がそう長くは残されていないと自分に言い聞かせていた。

高校受験期から始まった冬子の妄想は、中学時代にはまだ隠し通すことができた。時に独りごとが洩れても、クラスメートの誰一人不審な眼差しを向けようとはしなかった。それまで培った冬子の学業成績がかすかな疑惑すら差しはさむ余地を与えなかったのである。進学校といわれる今の高校への合格も当初から約束されていた。中学三年の初め実施された県下一斉テストの結果と二学期までの成績で、学区内での志望できる県立高校はおのずと決まる。最後にそれぞれの高校での試験が残ってはいるものの、その結果は合否を決める評価の四分の一しか占めないといわれていたからだ。とすれば三年の追い込みにかかった受験勉強の成果がさして上がらなくとも、県立高校に関する限り失敗は事実上ありえなかった。冬子は最も高い大学進学率を誇る高校へも進学できた。それでもそこではなく次に位置する高校を選んだ。安全策を取ったのではない。そうすることで十年近くに及んだ親娘の確執を父と母がどのくらい心に留めてきたか、はっきり見定める最後の機会にしたかったのである。

間もなく中学三年の二学期が終ろうとする十二月の半ばだった。ひどく寒い日で朝から分厚い雲が垂れこめていたが、ついに雨や雪に見舞われることはなかった。その日、志望校を決める本人と親、それに教師を交えた三者面談が行われることになっていて、冬子は入学以来初めて母と一緒に登校した。かつて母は幾度も中学校を訪れたが、全ては冬子のためでなく姉のためだった。いずれも忌まわしい記憶に塗りつぶされていたはずで、校門をくぐった母を待ち受けていたのは、独り保護室で寝そべる姉だったろう。保護室の母は、「昨日も、一昨日もここに来ています。家で変わった様子はなかったでしょうか」と殊更曰くありげに質す保護婦に弁解の言葉すら見失い、傍で薄ら笑いを浮かべる姉を、ぎらつく殺意の籠る眼差しで凝視していたに違いなかった。冬子は姉と共に在校した一年次、明瞭な罪人としての刻印を押された母が半ば駆け足で校門から去っていくのを幾度か目撃している。

しかしその日母は、時雨れた天候にもかかわらず朝から浮き立っていた。姉によって受けつづけた屈辱の記憶を今度は冬子によって確実に晴らせる機会がようやく訪れたのである。冬子には母の抑えきれない興奮が手に取るように理解できた、冬子もまた、内に燻りつづけた思いに一つの区切りが近づきつつある期待感に燃えていた。やがて母は、冬子に託した希望や願いが果たされようとするまさにその時、訳もなく平然と裏切る娘を目の当りにするだろう。何故そんな理不尽な行動に出るのか教師や母が何度質しても、返ってくるのは本題とかかわりのない親たちへの告発だけである。この告発にあって母がどれほど驚愕し、ついには醜態を晒しつつどんな懺悔の言葉を吐露するか、それがこれまでの自分と親たちの確執に対する答えになる。しかもそれはこっそりとではなく、他人である教師の目の前であからさまに行われなければならない。

冬子は肩を並べて歩きながら、その残酷な場面を夢想だにできない母を時折盗み見た。意外にも母の目線は、冬子よりやや低いところにあった。いつからそうなったか、冬子にとっては初めての発見だった。間もなく母も気付いたらしく「あなたは私より背丈があるわね」と何気なく囁いた。その何げない囁きは、ついに数ヵ月前訪れた冬子の初潮をかけらも感知しなかった態度に通じていた。冬子は改めて、娘の遅すぎた初潮や自分より伸びた背丈も推し測れないできた母の能天気な生きざまにいいしれぬ嫌悪を覚えたが、間もなく母が出会うはずの酷い場面に思いを馳せることでむしろ愉悦が募った。

学校へ着いて控室で待つ間、冬子はひどくもどかしかった。冬子たちは六番目というかなり早い順番だったが、前の五組のうち二組の面接にかなり時間がずれ込んだのだ。いずれも男子生徒の親子だった。内申書に書き込まれる評価や、一斉テストの成績と志望校のレベルにずれがあれば、面談の時間はそれだけ長くかかる、受かりそうもない高校へ本人や親が希望するのを、教師が諫めるための時間である。合致する場合は互いに確認し合い、教師が二言三言励ましの言葉をかけるだけで終わる。現に三組はものの五分とはかからず出て行った。本来であれば、冬子たちの場合もそうなるべきだった。だが冬子の理解しがたい応えにあって、予め教師の予定した時間など大幅に狂わされるだろう。なによりそこは、志望校を決める面談の場から、教師という立会人を挟んで冬子が母を告発する舞台へと転化するはずだった。長い間の緘黙のからを破って繰り広げられるこの告発は、父と母のこれまでの生の全てを断罪し、来るべき行末までも葬る予告となる、それが冬子が描いた筋書きだったからだ。

一時間をとうに過ぎやっと冬子たちの番が来た。面談室には、四十才を幾らも出ていないのにかなり白髪の目立つ受験指導の教師が待ち構えていた。細い目付きと押しつけがましい言い方がどこか父に似ていて、普段から冬子は好感が持てなかった。しかもその口元に不似合いな愛想笑いまで湛えながら冬子たちを招き入れた。それが更に冬子の不快感を掻き立てた。教師とテーブルを隔てて座る冬子と母の椅子はひどくくっついている。一瞬不吉な予感がよぎり、冬子は腰掛ける前に自分の椅子を離した。その動きを目敏く察知した教師から途端に愛想笑いが消え、面談に余計な時間をかけまいと思ったのか、一切の前置きもなく冬子の志望すべき高校を切り出した。

「何の問題もありません。有名大学への進学率が飛びぬけているA高校へうちの中学から行けるのは幾人もいませんが、冬子さんは当日の試験に欠席しない限り大丈夫です」

教師はそれだけいい終えると、これで面談終了といった顔付で冬子ではなく母に顔を向けた。母もまた予期した指針に満足した笑みで頷き、冬子の希望を聞こうともせず腰を浮かしかけた。この軽薄な態度が、周到に用意したつもりの目論見に水をさした。

「そこを受験する気は絶対ありません」

冬子にとってこの答えは、母への宣戦布告に連なる重い響きを帯びていなければならなかった。そのため三者面談が決まった日から、たったこれだけの答えどんな風に応えるかずっと考えあぐねてきた。なにより腐心したのは、母に冬子の意図を誤解させない工夫だった。教師の促す指針にいたずらな間合いをおいて応えれば、その場限りの単なる迷いか、あるいは他愛ない拗ねた嫌味と受け取られかねない。即座にきっぱりと一語一語明瞭に応える必要がある、そう決意していたのである。

だが、すぐにも立ち上がろうとする母に余裕を失くした冬子の声は、自分でも苛立つほど上擦ってしまった。一瞬気まずい沈黙が流れ母も再び腰を下ろしはしたが、教師は冬子のこの答えをせせら笑うかのように母だけに向けた視線を動かそうともしなかった。そして手にしたボールペンを素っ気なくテーブルに戻すと、今度はいつもの粘りつく説教口調でおもむろに断じた。

「受験生は誰でも不安を持つものです。でもいいですか、もう一度繰り返しますが冬子さんに限ってそんな危惧を抱く必要はまったくありません……」

　これは危惧ではなく宣告なのだ、いやそんなことよりなぜ教師が断ずる前に母が自分に質そうとしないのか、冬子は怒りを隠さず母を凝視した。母の笑みはまだつづいている。それでも冬子は当然起きるはずの、母の取り乱した次の反問に期待した。

「なぜなの、先生がこれほど保証してくれているのに何をためらうことがあるの。絶対受験しないなんて、何か特別の理由でもあるの」

　その問いが合図になる。冬子の描きつづけたドラマは母のこの反問が引き金となって、壮烈に開始される。

「それぐらいもあなたには分からないのか。あなたは今まで私のどこをみてきたのだ。ただ黙っていたから、何事も平穏に過ぎてきたとでも考えてきたのか。何一つ言葉にださないからといって、それがあなたがたへの満たされた気持ちとでも考えてきたのか。いやずっと母親としての義務を放棄してきたあなたには、恐らく私が何を考えているのか分かりはすまい。あなた方とは違って、私はずっとあなた方の振舞う一部始終見届けてきた。姉が家庭内暴力を始めたといって、私は他人の家で過ごすよう強いられた。秋夫が病気になったからといって、私はあの姉と同じ部屋で寝起きするのを強いられた。しかし私が言おうとしているのはそんなことではない。あなた方が私をちらっと覗くときの眼差し、思わず口にしかけて慌てて閉ざす言葉の数々、それが何だったか全てを私は知っている。私や姉を生んだことのやり切れない思いを、私はずっと以前から見抜いている……」

　母の反問を待ちきれず思わずほとばしり出ようとする誘惑に耐え、冬子は母がいいだす言葉を待った。

　しかしこの冬子が長い間描いて来たドラマは、ものの数分とはかからずあっけなく幕を下ろした。母はあたかもそれが自分の気持ちとでもいわんばかりに、いとも平然と冬子の希望を受け入れたのである。

「あなたの望む通りにしたらいいのよ。むしろその方がいいかも知れない。望みもしない有名大学への進学率が高い高校に行っても結局はいいことなんか何もないもの」

　こうして冬子と親たちが触れ合える舞台は、冬子の癒し切れない怒りだけを増幅して何事なく終わった。


　冬子が本心からは決して望まなかった高校へ入学して一学期が終った。ようやく教師やクラスメートの嫌悪の籠る眼差しに晒されずに済む夏休みに入ったのである。夏休みは冬子に、貴重な時間を約束してくれるまたとない機会だった。やがて訪れる結末に向けて正確に近づいて行く準備である。そこには、自分だけが占拠する教室で、だれにも惑わされず一学期繰り返し訪れた妄想をかたちある動きとして見つめ得る空間があった。妄想に連なるほくそ笑みと独り言はその空間で自由に羽ばたき、ついには後戻りできない決意となって自身の記憶に刻まれていく。この得難い日々の向こうに、妄想が空虚な絵空事から現実に転化する内実を持ち始める、それが冬子にとっての夏休みのはずだった。

例年より遅く始まった梅雨は一向に明けず八月になっても雨が降りつづいていた。その雨の中を冬子はほとんど毎日歩いて学校へ出掛けた。バスと電車を乗り継ぐ普通の登校でも片道四十分はかかる。歩けば往復で優に三時間を超したが、休日を除き一日とて止めようと思わなかった。降りしきる雨は、中学に入学した四月、近所の仲間三人と自転車で登校する途次ずぶ濡れの姉と遭遇した記憶を甦らせた。あの時の姉も、今の自分そっくりに妄想が促す独り言を呟きつづけていた。姉の世界は親たちへの呪詛で凝り固まり、目の前で自転車を降りた冬子たちの存在すら見えてはいなかった。その虚ろな眼差しと薄笑いが妄想にとり憑かれた自身の姿と重なり、時折行き交う人たちの視線に訝る気配が潜んでいないか疑った。しかし今の自分はきちんと傘をさし立ち竦んでもいない。この事実に冬子は姉との明瞭な違いを見ていた。それは姉にはなかった妄想との確かな距離感だった。この距離感によって、どんな妄想に駆られても、立ち止まらず前方を見つめ歩きつづけることができた。妄想が強いる破滅へのやみくもな衝動と結末の酷い場面に怯まない冷静な気力との間には途方もない隔たりがある。その落差を埋める道筋は、他人の視線に耐え得る丹念な日常行為の積み重ねしかない、そう冬子は自覚していたからだ。

学校に着くと、一時限目の開始時間が遅いのを除けば、一学期受けた授業とほぼ同じ日課を忠実にこなした。午前十時過ぎ所定の教室に入り、決められた自分の机の上に教科書とノートを広げる。二十分経った頃、こだまが囁きかけるいつものほくそ笑みと独り言が始まる。独りごとに耳を傾けているうち、誰もいないはずの教室の一画から突然ざわめきが起き、授業を中断した教師の歪んだ顔が大写しとなる。更に二十分が経ち、ざわめきの一つ一つが冬子の振り向く尖った視線で消されていき、最後に言葉もなく呆然と立ち竦む教師だけが残る。そのとき冬子の独り言は教師への訊問に変り、幾人も立ち現れた教師の顔が次第に二人のそれに絞られていく。一人は頭髪を薄汚く伸ばした狐目の数学教師で、もう一人は国語担当の眼鏡を掛けた女教師である。一学期を終えるうち冬子は、二人に他の教師と違う際立った共通点があるのを見抜いていた。冬子の独り言に敏感に反応し、それ以降の授業がひどく乱れたのである。二人は年恰好がそれぞれ父や母とそっくりだった。もしかしたら二人とも冬子と同じ年頃の子供を抱えていて、冬子のただならぬ振舞いに自身の子供の姿をかさねていたのかも知れなかった。とすれば彼らへの訊問は親たちに向けたそれと響き合う。この推察は冬子の想念を一層かきたて、ただ浴びせかけるだけの尋問から怖気て応える彼らとのやり取りに変り、いつしか彼ら全てを束ねて断罪する告発へと転化することができた。

昼休みには律儀に昼食を摂った。母が支度した弁当で、決まって数本のソーセージと鮭、二切れの沢庵を惣菜とする貧相なものだった。しかしこの貧相な弁当に、言葉にできない母のメッセージが隠されていた。クラスの仲間との交遊でもなく、ましてクラブ活動とは到底思えない夏休みの中の登校を冬子がなぜつづけるのか、母には何一つ見えてはいなかった。理由を質そうにも問いかける僅かなきっかけすら掴めない。決まりきった不味い弁当、それを支度しつづけることで、やがては冬子に苛立ちが起きる。母が貧相な弁当に託したのはその苛立ちから始まる冬子との対話だった。冬子は母の送るこのメッセージを正確に受けとめ、母との間に思いがけないやり取りが生れる隙を作るまいと努めた。毎朝、母が手渡す弁当を穏やかに受け取り、一学期とぴったり同じ時刻に家を出る。母もまた心に淀む疑惑をおくびにも出さず、冬子のために型通りの弁当を支度し、何気ない顔で手渡した。そして「いってきます」「気を付けて」たったこれだけの言葉が務めて明るく交わされた。まるでどの家でも窺える淡々とした朝の風景に見えたが、底に張り付いた緊張はいつしか軋み始めていた。台所に立つ母の顔は凍てつき、その頭髪に垣間見えた白髪は日増しに増えていったからである。

休日にはもちろん登校しなかった。できるだけ普段通りのさりげない日常を心掛けることで親たちの余計な詮索から逃れるためだったが、実はもうひとつゆるがせにできない意図を秘めていた。父や母に安穏な日々が戻ったと安堵させた姉を密かに見守るためである。事実夏休み中に垣間見た姉の日課は、次々繰り出す母の指示に忠実に従う健気な娘そのものだった。その一見素直な振舞いは、とめどなく乱れた以前に比べはっきりちがっていた。いや、違い過ぎていた。朝の寝起きは早く、冬子が目覚める八時にはもう正装しダイニングルームに座っていた。台所に立つ母が、「ご飯や味噌汁をテーブルに並べて」と声を掛ければ、「ハイ、わかりました」と礼儀正しく答え、すくっと立ち上がった。朝食を終えると、母の「すぐ片付けるのよ」と促す声でテーブルの汚れた食器を流し台に運び、だがそのまま台所に立ち尽くした。再び促す「片付けたらぼんやりしないで洗うのよ」と苛立つ声に、「ハイ、ごめんなさい」と丁寧すぎる返事で詫び、弾かれたように作業に取り掛かった。昼食までの時間も、洗濯すること、部屋に掃除機をかけること、全て母の指示で動いた。午後の休憩時は二階の自室ではなくリビングルームに座り、母と一緒にテレビを観て過ごした。母が笑えばやや遅れて突飛に笑い、難しい顔を見せればやはり場違いに顔を歪めた。母も時折、その度が過ぎたへつらいに怪訝な面持ちで咎めた。

「何で笑うの。ちっとおかしなことなんかないでしょう」

「お母さんが笑ったから」

「私が笑えばあなたおかしいの。私はただテレビを見て笑っただけよ」

「ごめんなさい。これから気をつけます」

「あんまり私の顔色ばかり窺うのは止めてね」

「ハイ、そうします」

ふとよぎった母の戸惑いは、しかし姉のこの素朴な答えで消えた。その満ち足りて頷く顔には、姉とのやり取りがどこかちぐはぐで「ハイ」「ごめんなさい」と几帳面に返す言葉が高校三年生の娘の応えとしては貧し過ぎる事実に不信を抱く気配はかけらも窺えなかった。恐らく母は今なお、姉のやみくもな暴力に晒されつづけた四年前の記憶の中に生きていた。その恐怖の記憶が冷静な観察眼を奪い、自身の意のままに添う姉に理屈抜きの救いを見出していた。母にとっては、生気があっても暴力を繰り返す姉より、恐ろしく乏しい表情と生身の対話すらまともにできない姉の方が遥かに安堵できる存在だった。安堵はいつしか驕りに変わる。母と並んでテレビに見入る姉の関心は、そこに写る画面ではなく、いつトイレに立つきっかけを掴むかだった。時間を見計らい、やっと許しを乞う姉に、母の応えは決まっていた。

「いいわよ。でも用を足した後はきちんと流しとくのよ」

姉のトイレに立つ間隔は次第に狭まり、時には一〇分おきに繰り返されたが、母にあったのは、このほとんど幼児を諭す決まり文句だけで「なぜそんなことまで尋ねるの。あなた少しおかしくない」と問い掛ける気遣いすら忘れていた。

父は不在だった。確かに休日には家にいたが、その視野にあるのは相変わらず秋夫だけで、姉と母が繰り返す不思議な日常の外側にいた。

姉がいつからそうなったか、冬子は正確にその起点となった日付を辿ることができた。

二年前の夏休み、姉が家族揃った夕食の食卓に付かず二階の自室でこっそり食事を摂ろうとして父の激怒にあい、最後は親たちに土下座して詫びたあの晩からちょうど一ヵ月後、二学期が始まって三週目の夜更けだった。九月末にしてはひどく肌寒い夜で、冬子は夜半幾度か目が醒めた。幾度目だったか、階段を降りる足音、すぐつづいて始まった誰かと密談しているらしい話し声が聞こえた。聞くとはなしに話に耳を傾けていたが、寝返りを繰り返すうちまどろみ、再び目覚めた時は既に三時を回っていた。階下へ降りた足音はどうなったか、とうに二時間は経っているのに、部屋に戻った気配はなかった。嫌な予感にかられベッドを降り、階段の踊り場へ出て姉の部屋を見た。扉が開いていた。ふと姉が中学へ進級した五月の連休の記憶が甦った。あの日も姉は表通りを聞こえよがしに気怠く帰り、門の前まで来て忽然と姿を消した。風邪で寝込んでいた冬子は、この巧みな計略にあって部屋に導かれ、夥しいテッシュペーパーの残骸と菊の花柄に彩られた掛蒲団の前で姉の囁く妄念の世界を聞いた。そっくりの出来事が起きている。しかし思わず部屋に取って返した三年前と違って、今度はそのまま階下へ降りた。あの日と同じく、すぐ目に付くリビングルームや台所には姉がいたらしい痕跡などどこにもない。それでいてくぐもった話し声だけは確かにつづいている。冬子は足が竦んだが、それでも灯りが消えたままのトイレを開け、次いで洗面所を覗いた。姉はそこに立ち尽くし、暗い鏡に向かって語りかけていた。独り言ではなく、鏡の向こうには姉の相手をする誰かがいた。姉はそこに立ち尽くし、暗い鏡に向かって語りかけていた。独り言ではなく、鏡の向こうには姉の相手をする誰かがいた。初めに聞こえたのは姉の言葉だった。

「私はもう駄目だから……」

姉に応えて鏡の向こうにいる相手は何事かを語った。再び姉が語気を強めて繰り返す。

「それは分かっている。でも私はもうおしまいなの。一月前からそうなってしまった。ここにいるわたしはとうに死んだ抜け殻なの。誰がそうしたか。あなたははっきり見破っている。これからどうすればいいか、それもあなたは見通している」

そこで姉は言葉を切り、鏡の向こうにいる相手の言葉に聞き入った。相手は姉が予想だにしない意外な過去を告げたのか、急に思いつめた問いかけに変った。

「もう一度いって。それは本当なの。それはいつ、どこで枯れたの。初めに枯れたのがなぜわたしとそっくりなの」

冬子は思わず息を飲んだ。何ということだろう。姉は越谷で枯れた枇杷の木のことを質している。あの枯木への拘りは冬子だけが密かに抱きつづけてきた拘りのはずだ。それを姉は、最初に枯れた枇杷の苗木が自身の生に拘る不吉な暗示だったことまで詰問している。もしかしたらまるで覚えのないどこかで、姉にふと洩らしたことがあったのだろうか。それとも父が植えた三本の枇杷の木の顛末を姉もまた見届けていたのか。しかしどう考えてもそんなことがあろうはずはなかった。冬子の、枯れた枇杷の木への拘りは、冬子の内奥だけに囁く世界だったからだ。

とすれば、現に今姉は鏡を通して、枇杷の木にまつわる故事を語りかけるもう一人の冬子と向かい合っているのだ。もう一人の冬子は、初めに枯れた枇杷の木が今の姉を予告していた、と告げている。間もなく、毒々しい枯れ葉を付けて枯死した二本目についても語り始めるだろう。それは冬子自身の行末に他ならない。姉は鏡の向こうにもう一人の冬子と対峙するうち、奥深く潜まれたはずの冬子の心の内まで立ち入る手がかりを得たのだ。

誰がそんな途方もない手掛かりを授けたのか、恐らくそれは陰の世界から絶えず囁きかけた祖母だったろう。祖母の囁きには、孤独から逃れたい姉の執念と響き合うことで、冬子の内心をも覗き得る魔性が宿った。姉がもう一人の冬子に向かって、「これからどうすればいいか、あなたは見通している」と促した真意は、冬子もまた祖母の囁きに縛られ、やがては姉のそれと重なり合う行末を受け入れることだったのだ。冬子が祖母の呪縛のうちにある生を自覚するとき、姉は初めてたった独りだけの凍てつく孤独から解放された限りない安堵を見出すにことができる。しかし姉が恍惚として迎える約束の日々は、この世で果たされるそれではなく、祖母が手を広げて待ち受ける閉じゆく死への旅立ちである。姉は既に死の世界を徘徊し、そこへ冬子を道連れにしようとしている。「そう、それは確かなのね。そうなればお祖母ちゃんも喜んでくれる」

またも冬子の心の内を見透かした声が弾み、ふいに姉は横を向いた。生気の消えた顔面を窪んだ眼窩が隈取り、乾いた唇には色がなかった。それは姉ではなく、冬子の記憶の底に沈んだ祖母の死顔だった。冬子は全身に総毛立つ恐怖で呻きに似た悲鳴を洩らしたが、それでもゆっくり近づいてくる祖母の死顔を断ち切り、踝を返して二階に通ずる階段まで逃れることができた。後ろから「お祖母ちゃんが待っている」とひんやりした声に急き立てられ、階段を駆け上る足が二、三度もつれた。部屋の扉を閉め、ベッドに潜ると、上の段に寝る秋夫の寝息が僅かに乱れた。階下へ降りて五分も経っていないのに気付き、ようやく現実の姉の身に何が起きたのか見え始めた。

冬子は確かに姉の顔にとり憑く祖母の死顔をみたのである。姉がもう一人の冬子にむかって「ここいるわたしはとうに死んだ抜け殻なの」と告げたのは、この厳粛な事実だった。姉は既に一月前から自身の生を葬り、それでも抜け殻のまま生き長らえる世界に入り込んでいたのだ。抜け殻となった姉には亡き祖母が居ついた。亡き祖母は意志や情感をことごとくなくした姉の身代わりとなって、一月前に起きた恐ろしい出来事を冬子に語るべき責務を持った。冬子もまた加害者の一人としてそこに立ち会った、と姉に憑りつく祖母が信じたからである。姉をそこに導いたすべての根源は、父と母が姉に強いた土下座にあった。

夏休みが終わる二日前、姉は父の激怒にあって一旦家を出、が一時間ほどで引き返し父に土下座して詫びた。それは見苦しくはあったが、実に他愛ない結末に見えた。しかし今にして思えば、姉の心のうちに渦巻いた葛藤は、そんな生易しいことではなかったのである。姉は家を出た一時間足らずの間に、自身を支えてきた何かが壊れていくのを見つづけていた。その何かが分からないままリビングルームへ戻ると征服者としての父とそこに寄り添う母の顔があった。二人の顔には、やっと宿願を果たし終えた凱歌が滲み出ていた。

姉はその凱歌に、自身のうちで壊れていく何かが鮮やかに記されているのを知った。それは親たちへの絶えざる敵愾心を通じて、自身の存在を明かすため問いつづけた手立てがついに奪われた事実だった。それでも父と母は、いつか甦るかも知れない敵愾心の残滓を恐れ、痕跡すらも消し去る厳格な儀式を求めた。それが姉を支えてきた生き様の終焉に連なる土下座だった。こうして姉は親たちへの最後の反抗を終え、同時に生きていく全てのよりどころも失ったのである。

冬子が姉に祖母の死顔を見た九月末の夜以来、家の中の位相は劇的に変わった。何より姉の親たちを侮る言動がすっかり姿を消し親たちに対する受け答えも簡潔で素朴な答えに終始した。親たちはそんな姉に新鮮な驚きを覚えたのだろう。互いに「夏子は変わった」と語らいながら、二人の描くより正しい方向へ導こうと耳障りな忠告を諭しつづけた。それでも姉は、かつてのすぐ暴力を呼ぶすさんだ言辞はおろか、煩わしいと匂わせる陰に籠った素振りすら見せなかった。その歯切れのいい応えは快い響きに満ち、父と母は長い間の労苦がついに報われた歓喜で絶えず弾んだ。一方冬子との間で、姉が普段の顔付で接することは決してなかった。たまに対話するときも、姉は「はい」「いいえ」「わかりません」などと他人行儀の言葉で応じた。その不快な音色が醸す違和感は冬子の内心に突き刺さり、身体の奥底から蠢いてくる憎悪を抑えるのに苦しんだ。いつしか姉と接する機会をできるだけ閉ざし、やがて家族全員からも遠ざかろうと努めた。ただそんな日々にあって、なぜ父と母が単調な答えを繰り返す姉にかけらも疑念を挟もうとしないか理解できなかった。時折親たちとのやり取りで耳にする姉の受け答えは、冬子に対するときと同じ他人行儀のひどく限られた語彙しかなかったからである。恐らく父と母は征服者としての驕りに酔っていた。その驕りが、凍てつく姉の感性をむしろ従順に改心した姿と見紛う慢心へと導いたに違いなかった。

姉は日を追って、生身の感情を託すぎりぎり必要な言葉すら失いつつあった。初めは自覚的だった親たちへの律義な受け答えも、冬子が高校受験を迎えた頃には、ただオウム返しの無機質な返事に変り、ために「はい」と「いいえ」を取り違える場面がしばしば起きた。その度に秋夫までが、「なにいっているんだ。お前少し変だぞ」と咎めたが、父と母は日常誰しも経験する他愛ない錯覚としか受け止めなかった。もし父や母が秋夫の姉に向けた咎めを一度でもまともに聞き留めていれば、姉の日常に垣間見る不思議な振舞いを少しは覗けただろう。対する相手のいない姉の部屋から、しばしば突飛な笑いや不気味な独り言が洩れていたからだ。家族の皆が寝静まった深夜ではあったが、洗面所の鏡にもう一人の冬子を捏造して語り合う秘儀も捨ててはいなかった。しかし二人とも、二年近くに亘って有り余る機会を逃しつづけた。殊に冬子が高校に進学して以降、親たちの不安と怯えは冬子だけに向かい、姉は完全にその埒外に置かれた。もはや正気と狂気の明らかな違いを見分ける眼差しすら塞がれていたのである。既にそこでは、一見平穏に見える親娘の関係そのものがある種の狂気のなかにあった。

ある日突然全てが覆る惨劇が起き、その時点で穏やかな日常も終わる、冬子の心のうちでだけそこへ至る確かな足取りは聞こえていた。

冬子にとっては、親たちみたいに姉の他人行儀の応えの裏側に潜む奇妙な狂気を安穏に見逃すわけにはいかなかった。冬子自身の行末に拘る狂気だったからである。閉ざされていく日々にあって辛うじて姉を支えていたのは、ぽっかり開いた空洞に居座る亡き祖母の囁きだった。祖母の囁きはいつも、もう一人の冬子を招き寄せた。姉はもう一人の冬子と対するとき不思議に抜け殻としての存在を止め、生きた言葉で饒舌に語りあった。そのひとときだけ狂気とは違う正気な舞い戻る場が持てたのである。そこで二人は、時に笑いころげ時に怒気を含んでやり合ったが、最後は現実の冬子をいつか必ずもう一人の冬子の側に誘い込めるとの決意で一致していた。もう一人の冬子が依拠する日常とは、姉が日々見せつける「はい」「いいえ」「ごめんなさい」と単調な応えを繰り返しつつ、正確に狂気への道筋を辿る世界に他ならなかった。やがて姉と同じ狂気が訪れる、それは冬子に引き返すことのできない決断を促すのに十分だった。冬子はずっと以前から、苗木のうちにこっそり枯れた枇杷の木と違って、自身のそれは毒々しい枯れ葉をつけて枯死した、その確たる自覚があった。毒々しい枯れ葉は、なし崩しでない明瞭なケジメをつけた意志が枇杷の木に宿った事実を語りかけていた。明瞭なケジメ、それが何を促しているのか、冬子は二年の間この厳粛な問いと対座しつづけた。姉に対する応えは最初から決まっていた。姉と姉に憑りつく祖母を葬ること、その決断の前に冬子は些かもためらわなかった。冬子にとって姉は既に死んだ抜け殻であて、障害があるとすれば祖母の囁きをどう封印できるかということに過ぎなかった。だから冬子が対座しつづけた明瞭なケジメの核心は、全て父と母に対する処遇にあった。父と母の処遇、そこには超すべきいくつかのハードルが立ちはだかっていた。中でも冬子を苦しめたハードルは、七年前高熱にうなされながらきき留めて以来冬子の内奥に釘付けとなった父と母のやり取りをいつかは打ち消してくれるかも知れないとの期待感だった。この期待感の故に冬子は、結末を急げ、と内心から湧き起る叫びをおさえ続けた。しかし二年経っても父と母は、冬子の行末にとって悪魔の囁きにも等しいあのおぞましいやり取りを幻覚のなかの過剰な妄想、と諭す場へ一度も降りては来なかった。殊に高校受験を控えた三者面談の日、冬子が最後の機会と念じて周到に用意した舞台を、母は何一つ冬子に質すことなくいとも平然と打ち壊した。父は論外だった。その日常には質すことの意味すら浮んでいなかった。父と母が交わしたやり取りは、ついに一字たりとも省けない厳粛な事実として冬子の内奥に凝固したのである。

「なんてことなの。冬子も夏子と同じたったじゃありませんか」

「二人とも病気もちだった。俺たちは子供を設けるべきではなかったんだ」

「あなたよ。あなたが子供欲しいといったのよ」

「失敗だった。しかしもう取り返しがつかない」


夏休みが終わった。冬子の、きわどい所で踏みとどまって来た姉や親たちに向けた「殺意」は、最後の一線を越える瞬間をすぐそこに迎えようとしていた。ただ一つ残された障壁は秋夫の存在だった。秋夫をどうするか、冬子はまだこの問いに対するきっぱりした答えを持ち合わせていなかった。

5

十一月に入って冬子は、鬱屈した日常が突然弾けいくときめきにも似た僥倖を得た。それは、二階の和室で見付けた一冊の本にあった。二階の和室は父と母の寝室だったが、入り口の狭い板の間に書棚が置かれていた。半ば入り口を塞ぐ入口の前は、昼間でも灯りをつけなければ背表紙の題字がほとんど読み取れないほど薄暗い。父だけの空間で、それでなくとも父以外の誰かが書棚に並ぶ「仮構の明暗」とか「われらにとって美は存在するか」といった昭和四十年代の文学思想書の類を物色する気遣いはいらなかった。それでもその本は、体裁の大きいアルバムやファイルが並ぶ最下段の右隅にこっそり隠されていた。父は家族の誰かが偶然手にして読みださないかと危惧したのだろう。家族の誰かとは多分母か、もしかしたら姉だったかも知れない。上下二巻になっていて、上巻に家庭内暴力についてのルポや様々な解説がぎっしり埋まっていたからだ。奇しくも姉が荒れ狂った四年前と同時期の刊行で、父の書棚にあったのは初版本だった。繰り返し丹念に読まれたに違いなく、ページ毎に傍線が引かれ、余白に冬子には判読不明な注書きが書き込まれていた。全ては父が記したもので、父の注書きを含め母や姉からその本についての話題を耳にした覚えはついぞなかった。当たり前のことで、もともと父の危惧は的が外れていた。当時の母にそんな余裕があるはずはなく、姉は最初から活字とは無縁の世界にいた。もし父が本気で家族の誰かがその本に触れる不安を抱いたのであれば、それは誰より冬子を考えるべきだった。しかし父はその後四年に及ぶ長い年月の間、一度も冬子の存在に思いを馳せなかった。父の視界には、やがてその本と宿命的に出会う惧れのある冬子が微かな影としても浮かんでいなかった。それはその本に示した関心の所在からもはっきり窺えた。やたらに引かれた傍線や膨大な注書きのある上巻に比べ、下巻にはそれらしき関心を示した痕跡が全く残されていない。父は疑いもなく、一読しただけで二度とページをめくろうとはしなかったはずだ。下巻は親たちにとって一読するのさえ耐え難い不快感をもたらす。父もそうだったのだろう。冬子は父が抱いたその不快感のうちに、父との間に埋め難く横たわっている乖離を見ることができた。実に下巻にこそ、冬子の行き着いた世界に重なる、祖母を殺して自身も自殺したある少年の遺書が載っていたのである。殊に遺書の至る所に布かれた警句は、冬子に淀むわだかまりを跡形もなく消し去り、明日にも明瞭なケジメへ導いてくれる福音に満ちていた。冬子にとっての福音は親たちから見れば恐るべき凶器となる。この不気味な暗示は、冬子と少年の像が交差する恐怖に接して初めて鮮明に嗅ぎ取ることができる。父はその気配にすら接しようとはしなかった。父がその本から受け止めたのは、少年の遺書に漂ういいようもない不快感だけだった。冬子は改めて、抜き差しならぬ場所に置かれつづけた自身の生をそれほどまでに見ることのなかった父に対し、その本が鼓舞する福音を更に鋭利に凶器に代えて読み取ることができた。

冬子がその本を見つけたこと自体、決して偶然ではなかった。見つけるべき必然の道筋が布かれていたのである。そこにも姉や冬子、更には秋夫さえ絡みつつあるドラマを何一つ関知しない父の救い難い平和な顔があった。姉が正気に還るひとときであるもう一人の冬子と交わす饒舌を聞き取るには、こっそり姉の部屋の前で立ち聞きするか和室に入るしかない。秋夫の個室からも聞けはしたが、冬子が五ヵ月前まで過ごしたその部屋は、秋夫が留守でも容易には入れない垣根が既にできていた。秋夫の身辺から受けるただならぬ雰囲気である。秋夫は自分の個室ができて以来、目立って子供らしくない蔭りを帯び始めていた。背丈が急に伸びただけでなく、その険しい顔付きは次第に親たちに背を向け寡黙になった。母とリビングルームで過ごす時間はほとんどなくなり、好きなテレビの時間も階下にはめったに降りてこなかった。秋口になって、姉が洗面所の鏡の前でもう一人の冬子と語り合う秘儀を止めたのも、今までとはまるで異質な秋夫の出現にあった。明らかに秋夫は、一人個室で過ごす時間を持つことで、姉の不思議な姿をあくまで見ようとしない父や母からはっきり隔たった場所に立とうとしていた。秋夫もまた。深夜冬子が繰り返し聞き留めた姉の秘儀を見届けていたのである。姉を見つめる秋夫の眼差しには、冬子と違って一切の弁明を拒む真っ直ぐな棘が籠っていた。その、じかに留めを刺しかねない苛烈な視線に触れたとき、姉は家の中に、自分と一切の繋がりを断つ存在が初めて現れたのを自覚しただろう。もはや秋夫は姉にとって容赦のない他人と化していた。洗面所に立ってもう一人の冬子と語り合おうとすれば、他人としての秋夫の強面の視線に晒される。その怯えは姉から洗面所での秘儀を奪うのに十分だった。同時にそれは冬子にとっても、正気と狂気の狭間に漂う姉を監視する場所が和室に限られたことを意味した。しかし父と母の寝室でもある和室は、入り込むのはおろか、中を覗くのさえ憚れる不快な記憶があった。姉が荒れ狂った四年前、夜半かかった緊急電話を伝えるため思わず開けた和室のドアから垣間見た、父と母の慌てて離れる姿である。そこにあったのは、見てはならない密室を覗いた嫌悪感だけでなく、昼間やみくもな姉の暴力に晒されながらそれでも夜平然と夫婦の営みをつづけた父と母の、背を背けたくなる淫らな匂いだった。昼間も敷き放しの布団にはその記憶が濃厚にこびりついていて、布団を跨いで佇むなど考えるだけでも身体が竦んだ。最後に残された手段は、押し入れに隣接する入り口の狭い板の間しかなかった。板の間にたてば嫌でも父の書棚と向き合わざるをえない。冬子がその本を見付けたのは板の間に立ち始めて僅か二度目だった。何気なく最下段に置かれたアルバムを取り出そうとして、その本にめぐり会えたのである。

冬子にひらめきをもたらした少年の遺書は、「事件の概要」と表題のついた囲み記事につづく上巻との関連を記した解説の後に載っていた。三百頁に及ぶその本の中で僅か五十頁もなく、残りは母親から見た少年像、遺書をめぐる対談やさまざまな人たちの感想などで占められていた。しかも遺書のうち家族についての章は至る所削除されたり伏字になっていて、もし少年の遺書通り掲載したら優に百頁はあっただろう。そこには明らかに少年の遺書をできるだけ際立せまいとする工夫がこらされていた。しかし冬子にとってそんな小細工はほとんど意味を持たなかった。ただ少年の遺書だけが屹立して輝き、削除や伏字で故意に隠した箇所さえ恐らく少年が記したそのままに読み取ることができた。対談で語られた空疎な言葉の羅列や夥しい感想は、全てが的外れで父や母に連なる平和な大人たちの貧しい訓戒に満ちていた。

遺書を書き残した当時、少年は今の冬子と同じ高校一年だった。家には祖父母と母親が同居していたが、父親はいなかった。一見冬子とは違っているかに見えて、実は冬子の置かれた立場とそっくりだった。まずなにより少年の心の襞に絶えず入り込み、行末までも立ち塞がろうとする祖母がいた。

少年の祖母は、彼の個室とドアを取り付けた隣室で寝起きしていた。いつでも出入りできるそのドアから、彼の日常を絶えず監視し、留守には彼の部屋を隈なく嗅ぎまわるためだった。そのため彼は秘密の保持も孤独になれる僅かなひと時も祖母に奪われ、思い余った彼が時に怒り出せば、彼のもっとも畏敬の対象だった祖父を持ち出し、『じゃ、おじいちゃまのところへいこう』といって脅迫した。こうして少年の祖母は、彼の日常に張り付くことで心の奥底まで踏み込み、その自立を妨げつづけたのである。この忌まわしい存在は、姉と姉に憑りつく祖母を彷彿させ、冬子が少年の立場にあるとき、姉を葬るのと同じく彼の祖母を一切のためらいなく殺害したといいきることができる。両親の離婚によって少年は父親を失っていた。しかしたとえ父親が存在していても、冬子にとっての父と同じく少年が立ち竦む際どい場所に踏み込むのはおろか近づこうとさえしなかっただろう。そんな親たちは、一人だけだろうがふたり揃っていようがほとんど無視できる括弧内に小さく括れた。

少年には妹がいた。その境遇も冬子と似通っていた。冬子にも秋夫がいたのである。少年の遺書から妹についての章は前文削除されていたが、秋夫に対する冬子の眼差しをそこに移して読めば、少年の妹に籠めた感慨が冬子の思いとぴったり折り重なり、その肉声までが聞き取れるほどだった。ただ一つの違いは、恐らく少年の妹があくまで母親の側から動かなかったと推察できたのにくらべ、秋夫は親たちではなく冬子の立ち竦む場所を見始めた事実だった。

かつて四年前の一月、冬子と同じ境遇にあって祖母を殺害し、自身も自殺し果てた同世代の少年がいた。少年はあとにつづく冬子たちのために、死を賭して書き上げた遺書を残してくれた。もしこの遺書がなかったら、祖母の殺害や少年の自殺はただ受験競争に敗れた弱者の無残な末路として語られたに過ぎなかったろう。少年は自身の遺書が誰に福音をもたらし、安穏にすがってきた絆を誰から無慈悲に奪い取るか知り抜いていた。祖母を殺害したのは、遺書が冬子たちには宗教的啓示として、親たちを含む回りの大人たちには自らに向けられた凶器としてより確かに受け取らせるための儀式だった。もし、自殺だけで祖母を道ずれにしなかったら、平和な大人たちには、本心と違う建前として振りまく優しさや思い遣りが少年や冬子たちをどれほど殺意に駆り立てるか、ついには読み取れない恐れがあった。その危惧は冬子が身に沁みて経験した屈辱からも立証できた。高校受験を控えた三者面談の日、教師の与えた絶対の合格保証を蹴った冬子に、母はいとも平然と告げたものだ。

「あなたが望む通りにしたらいいのよ。むしろその方がいいかも知れない。望みもしない有名大学への進学率が高い高校へ行っても結局はいいことなんか何もないもの」

この偽りの思い遣りには、表立っては抗し難い底抜けの優しさが添えられていた。それだけに余計あくどく、直截な言葉でその欺瞞を詰られても巧みな笑みで昂然と居直ることの出来る無自覚な思い遣りだった。こうした大人たちに取り囲まれているとき、祖母の殺害は彼らの限りない優しさに隠れた残酷な仕打ちを思い知らせる儀式として避けて通れなかった。少年は祖母を生贄に供することで、あくまで本心を晒そうとしない仮面の優しさと思い遣りから、冬子たちが心の奥底まで犯されない盾となってくれたのである。

　少年は遺書の中で、建前としての優しさや思い遣りの陰で競い合うのを拒み、例え競い合って敗れても決して敗北とは認めない平和な人たちを愚鈍な大衆と呼び、日々研ぎ澄ました憎悪で罵倒の限りを尽くした。遺書を評したほとんどの大人たちは、遺書の至る所に散りばめられた挑発に嫌悪し、少年自身が競争に敗れた犠牲者と断じたが、冬子はそんな大人たちに遺書の突きつける告発から必死に逃れようとするあがきを見ることができた。恐らく少年はそのあがきの底に潜む怯えを知っていた。やがて仮面の優しさや思い遣りがはげ落ちた後に訪れる少年や冬子、さらに陸続と繋がる子供たちからの、彼らには理解し難い不気味な報復の世界である。現に冬子は、心ならずも進学した今の高校でその兆しを目の当たりに指摘してきた。冬子のほくそ笑みや独り言に対し教師の顔に滲んだ惧れとクラスメートの驚愕、それらは冬子の内心に澱む殺意を嗅ぎ取った確かな反応だった。彼らは僅か一ヵ月も耐え切れず、冬子の回りに牢固な沈黙を張り巡らすことで自衛したが、少年が日常目にしたのも、彼の真っ直ぐな挑発から卑屈に身をかわす大衆のいじけた眼差しだったろう。どれほど彼らへの殺意が日毎に募っていったか、冬子には痛いほどわかる。それでも少年は祖母を殺害しただけで、遺書に予告した愚鈍な大衆の大量殺人は実行しなかった。決行する気力が萎えていたのでもなければ、緻密な計画が欠けていたのでもなかった。むしろ少年は最後の瞬間まで透明な意志を持ち続けていた。彼にあった揺るぎない決意は、遺書をどんな形で遺すかその一点に凝縮されていた。もし家族以外の誰かを一人でも殺害すれば、彼の遺書は殺人者の汚名を浴びて無惨に葬られる。それが少年には恐ろしいほど鮮明に予感できた。遺書はあくまで冬子たちにとっての聖典であり、大人たちには不気味な予言書として生きつづける使命があった。その遺書を汚してまで全てを彼一人でやり遂げる必要などどこにもない。大量殺人はただ暗示として示唆しておけば、後に続く誰かがいつかは必ず決行する、少年はやがてはそれだけの魔性を帯びる遺書の運命を見据えていた。冬子が遺書にとり憑かれたのも、こうした少年の、一時の衝動を抑え切れた冷徹な意志の力にあった。遺書は崇高に生きつづけ、冬子のなかに確かな実在として甦ったのである。

少年の遺書に出会って以来、冬子は姉の振りまく狂気からきっぱり決別できた。姉がもう一人の冬子と交わす饒舌は依然として耳障りではあったが、もはや冬子に不安な妄想を掻き立てたてることはなかった。冬子にこの劇的な転換をもたらしたのは、少年の遺書と彼が決行した祖母の殺害にあった。少年は遺書のなかで日常のあらゆる行為に纏い付く祖母の醜さを暴き尽し、自殺の道連れにすることでそのあくどい精神までも抹殺した。それは冬子の内心に澱む姉の影を拭い去ってくれる麻薬のような役割を果たした。少年が祖母について語る言葉は冬子の姉に対する嫌悪感を代弁し、祖母の殺害は姉と姉に憑りつく祖母を葬ることと同じだった。少年が決行した祖母の殺害を思い浮かべるだけで、姉は既にこの世の人でないとの不思議な快感に浸れたのである。少年は冬子の身代わりとなって事実上姉を抹殺してくれたともいえた。しかし少年は祖母を抹殺したが、母親には手を触れなかった。少年の遺書は、それが決して母親の免罪とは繋がらない意志を密かに告げていた。誰かが少年の意志を受け繋がらなければならない。冬子は遺書を読み返す度に、少年が課すその厳粛な使命に身体が震えた。そしてついに遺書の指し示す決断の時が、意外にも父と母の側から用意されつつあるのを知った。

遺書に巡り合って一月経った十二月の初めだった。その前日冬子は、初めて少年の遺書に四行に亘って薄緑色のマーカーを入れた。以後冬子が何度も反芻し一字一字心に焼き付けたその個所はこう書かれていた。

『彼がいかに無念なおもいで死んでいかなければならなかったか、わたしにはわかる。そして彼の無念な死さえ、彼が憎みぬいた馬鹿大衆の、エリートに対するねたみをはらすダシに使われてしまったのである。だが今、私が彼の恨みまで晴らしてやる。愚鈍で馬鹿で嫉妬深くて低能で貧相な大衆に虐げられたエリートの激怒の恐ろしさを今、私が彼に代って大衆に思い知らしてやる。無言のまま死んでいかなければならなかった彼の恨みを今、私が晴らしてやる。大量殺人という手段によって、そしてその遺書によって。』

少年が「彼」と呼んだのは、家庭内暴力の果てに父親から殺害された開成高校生だった。少年が別の箇所で『もう少し時間があれば彼の方が両親を殺害することができた』と明言した如く、開成高校生は「憎み抜いた」父親に先手を打たれ『無念な思いで死んでいかなければならなかった』のである。冬子にとってもこの事実は、自分の身にも起こり得る厳粛な警告だった。しかも少年が遺書で繰り返し誓った報復の約束は、結果として果たされなかった。開成高校生の恨みは凝固したまま残されたのである。思うに少年は現実ではなく、遺書にその呪詛を閉じ込めることで、いつかは遺書に出会うはずの次の同志に自身の身代わりを託したに違いなかった。その方が呪詛は幾重にも膨らんで生きつづけ、託された同志は彼等の呪詛を引き継いで今度はためらいなく直線に進むことができる。冬子が遺書から受け止めたのは少年が冬子に語りかけるその絆の重さだった。マーカーをいれることは、少年のこの遺書に尊厳をもって応えるための欠かせない誓約でもあった。

その日、帰宅してすぐ二階の和室から下巻だけを取り出し、ダイニングルームに隣接する自室の机でページで捲った。捲ったページはぴたり前日マーカーを入れた箇所だった。既に全ての章に亘ってどこに何が書いてあるかほとんど暗記できるまでになっていて、ただ一度でそのページを開いたとしても別に不思議はなかった。しかし微妙に手触りが違った。初めはそれがなぜだか分からなかった。何度か本を閉じページを捲ってみたが、決まってマーカーを入れたページだけを開く。そして実にあっけなく、そのページに一センチもない微かな折り返しの後があるのに気付いた。冬子が付けたのではもちろんなかった。崇高な遺書に折り返しを付けるなど、冬子にとっては遺書を汚す行為以外のなにものでもなかったからだ。とすれば冬子が和室の書棚に戻したあと、昨夜のうちに誰かがその本を取りだし読んだことになる。それが誰かは思い巡らすまでもなく明らかだった。父はようやくこんな滑稽な形で、冬子の前にその怖けた姿をじかに現わしたのである。

夕食時は普段と変わらず進んだ。冬子の個室ができて以来、食卓での家族の団欒はほとんど消えていたが、その日も父と母が互いに目配せすることもなくほんの一五分足らずで終わった。食事のあとまっさきに姉が母の促す声で席を立ち、続いて父も秋夫を一瞥してリビングルームに移った。途端にテレビの音がばかでかく響いたが、すぐにダイニングルームからは聞き取れない音量に下がった。それが合図となって、秋夫は父の誘いを無視して自分の個室に引き上げた。母はその時まだダイニングルームにいて、台所に立つ姉に細々と指図していた。そこまではいつもと同じで、家族それぞれの位置する秩序に目立った変化はなかった。ただこの秩序は、姉や秋夫は別にして、その日の父と母が醸す雰囲気としては不自然でありすぎた。

　予感した事態が始まったのは、夕食後一時間半ほど経ってからだった。その少し前父と母が突然二階の和室に上がり、続いて姉も姿を消した。九時にはまだ一五分も間があるのに一階は冬子だけの空間となり、家中が不穏な静寂に包まれた。それは父と母が思いがけず冬子に晒した挑発だった。冬子の高校から呼び出しを受けた五月半ば以降、父と母は深夜近くまでリビングルームに残り、音量を極度に落としたテレビと向き合っていた。二人の視線は律儀にテレビの画面を追っているかに見えながら、実は物音一つしない冬子の個室に注がれていた。冬子はダイニングルームを横切ってトイレに向かう間も、父と母の張りつめた眼差しが自身の後ろ姿に釘付けだったことを知っている。

　しかしその夜、父と母は夕食後僅か二時間ももたず自分たちの寝室に籠った。もしかしたら一時間半もリビングルームに留まったことの方が意外だったかも知れない。二人は夕食時からいつ二階に引き揚げるか、そのことだけに心を奪われていた。できれば食後すぐにも自分たちの部屋に籠り、昨夜父が見た衝撃を語り合いたかったのだろうが、二人にはそうできない理由があった。少年の遺書と冬子が結びつくとき、避け難く起きるであろう恐るべき事態への備えである。食後の一時間半はそのための時間だった。多分父は昼間のうちに、冬子が少年の遺書に入れたマーカーについて母に電話していた。それがどれほど不気味な行為か多くは語らなかったが、「決して騒ぎ立てず、やるべきことだけはきちんと済ましておくように」と諭したのは確かだった。母も父の一言で日頃の不吉な予感が的中したことに身を引き締め、不慮の事態に備える一方で、冬子への監視を怠らなかった。冬子が二階の書棚に本を返して階下へ降りるとき、洗面所から出る母に出会ったのも、恐らく偶然ではなかった。母が慌てて目を逸らした事実は、監視する疚しさを言外に語っていた。それでも夕食時、父と母が努めて平静を装うとしたのは、少年の遺書に見る冬子のマーカー、この不気味な父の発見をあくまで冬子に悟られまいとする精一杯の偽装だったろう。だがその偽装が如何にちぐはぐだったか、父が少年の遺書が掲載されたページに折り返しを付けるなど、例え微かでも余りに軽率な行為だったからである。

父と母が二階へ上がって五分ほど経ったあとだろうか。ふいに訪れた静寂のなかで、二人が万全を期したつもりの備えは実にあっけなくほころびを出した。台所から電気ポットの湯沸かす音が聞こえ始め、十数分経っても止まず、更に数分後激しく揺れる振動音に変ったのである。ついに二十分過ぎ冬子は台所に発った、コンセントにプラグを差し込んだ電気ポットの蓋が開けっ放しのままだった。かなり気がかりな音で、普段であれば二十分もの間、母が聞き流すなど考えられなかった。そこには二階の和室で、息を殺して囁き合う二人の切迫した呻きが透けた見えた。いやそれにもまして、満水の電気ポットを電源に繋ぎスイッチONしたまま蓋を閉め忘れること自体、二階へ上がるまでの母がいかに異様な緊張にあってことを急いだかを物語っていた。

この極度の警戒心に根付く剥き出しの敵意は、間もなく至る所で見つかった。電気ポットを除けば、台所は一見したところ別段変わった様子は窺えなかった。姉が洗った食器は水切り用の籠に山積だったし、生ごみの入ったビニール袋も流しに置かれたままだった。夕食につかった醤油差しやチューブ入りの辛子なども片付いていていない。冬子は電気ポットの蓋を閉めて立ち去りかけ、ふと足を止めた。いつもと同じ佇まいと写ったなかで、普段は流しの脇に無造作に置かれたスチール製の包丁がみえなかったからだ。途端に母への疑惑が膨らみ、流しの下の戸袋を開けた。不快な異変はまずそこにあった。戸袋の包丁立てから出刃包丁や刺身包丁だけでなく、とうに使い古した刃毀れの包丁迄消えている。それだけではなかった。戸袋の両脇にある引出からは。料理用の鋏、果物ナイフ、肉叩き用の金槌、果てはフォークや食卓用のナイフの類まで危害の及びそうな一切の器物がことごとくなくなっていた。母が夕食後の一時間半の間に、冬子の個室を気遣いつつそこまで始末出来たはずはなかった。恐らく夕食の支度に使ったスチール製の包丁を除き、昼間のうちに二階の和室に運んだのだろう。とすれば、台所以外でも冬子をじかに名指す露骨な挑発は起きている。冬子はこれほど敵意を露わにする父と母に吐き気を覚えながら、台所に隣接するユーティリティを覗いた。一月前、もしかしたら凶器として使える薬剤がないか密かに調べていたからだ。予想通り父の庭木や鉢植えに使う殺虫剤が消えていた。その中には「デス」（Ｄｅａｔｈ）とそのものずばりの物騒な名前の付いた殺虫剤もあったが、ただ散布液を虫や葉に付着しやすくする展着剤の「ダイン」すら含まれていた。そこにも余裕を失くした母の焦りと冬子への陰湿な怯えが見て取れた。しかし、壁に下がるずた袋に入った斧はそのままだった。多分勝手口の脇に立てかけたスコップや唐鎌も始末されてはいないだろう。母にとって玄関や勝手口から外は、あくまで父の果たすべき領域だった。

包丁はともかくフォークやナイフと違って鉈や唐鎌、殊に鉈はその気になれば最も凶暴な武器と化す、日頃庭作業と無縁な母にはそこまで思い巡らすゆとりはなかった。冬子は母が晒したひどく過敏でその実どこか間の抜けたその備えに思わず哄笑したが、すぐに凍り付く戦慄にとって代わった。父と母の見境のない警戒心には、冬子を何か得体の知れない存在としているだけでなく「殺人者」に見立てた恐怖と敵意が憑りついていたからだ。それは冬子に、十数年生きてきた家族との記憶を一切の痕跡なく断ち切れ、と宣告しているに等しかった。最後の正規戦が迫っている、父と母の過剰な備えが冬子に促したのは、少年の遺書を唯一のよすがとする家族絶滅への決意だった。

あくる日から冬子は、ほとんど明け方まで寝ずに過ごした。部屋の灯りは点けず、それでも机に広げたノートを見つめるだけで睡魔に襲われることはなかった。雨戸のない冬子の個室は灯りを消していても、カーテンさえ開ければすぐ前の表通りから差し込む街灯でかなりの活字まで追える。冬子が追う活字はしかし目に見えるそれではなく、白紙のノートに記憶として書き留めた少年の遺書だった。最初の一行から丹念に反芻し、冬子の決断と響き合う箇所には必ずマーカーを入れた。マーカーは日毎に増えつづけ間もなく白紙のノートはマーカーによって埋め尽くされた。傍目には薄緑の線が無意味に引かれているかに見えても、冬子の内心ではその一行一行が少年の遺書のどの箇所から抽出したか克明に記されていた。なかでも憎み抜いた父親によって殺された開成高校生の無念を自身の身に置き換えて綴り、『もう少し時間があれば彼の方で両親を殺すことができただろう』との記述は、絶えず冬子の血潮を呼んだ。それほど冬子と少年の遺書は同化し、もはや父の書棚からその本を持ち出す必要はなかった。

ところが冬子がその本から遠ざかるにつれ逆に、親たちは、その本に触れる冬子を待ち侘びていた。殊に少年の遺書に初めて接した母は、娘としての冬子と対座できる機会が少年の遺書の諭す世界にすがるしかないと思い詰めていた。少年の遺書が突きつける告発と冬子との結びつき、母がそこに見たのは、一年前の、冬子の高校受験を控えた三者面談の結末だった。娘の希望を叶えたつもりの思い遣り、少年の遺書はそれが殺意すら呼びかねない罪に値すると教えていた。母はそこから汲み取った冬子への懺悔に最後の望みを託した。その本を手にする冬子と出会いさえすれば、いや和室に近付く姿を見るだけで、こう問いかけることができる。

「なにを考えているの。いいえ、あなたのいいたいことは、お母さんには分かっている。あのとき、なぜあなたが絶対合格できたA高を拒んだのか、今ではすっかり理解できている。……でもなぜなの。なぜ、その本にある少年の遺書からではなく、じかにお母さんを詰ってくれないの。あなたがお母さんをどんなに酷く裁こうと、貴女の前に全身を晒す覚悟はとうにできているのよ……」

冬子が洗面所を出てまっすぐ個室へ戻るとき、しきりに何かを切りだそうとしてそのまま息を飲みこむ母には、冬子と向き合う手掛かりを失ったとめどない徒労感に染まっていた。しかし冬子はこの母のすがりつく眼差しを知っていて、和室に入るどころか二階を窺おうともしなかった。立ち去る母の顔に、微かに繋がる母娘の絆を断ち切るに等しい「殺人者」への恐怖がよぎったのも見逃していなかったからだ。母が「殺人者」ではなく娘として向き合えるには、余りに傲慢な時を費やし過ぎたのである。

一週間が経って母はもはや冬子との対話を諦めた。その時点で冬子は父や母にとって、娘ではなく、何食わぬ顔で日常を共にしながら凶暴な刃を隠し持って隙を窺う不気味な

「殺人者」となった。しかし二人には、冬子が既に整えたはずの不穏な手筈は見えなかった。たとえ見えなくとも周到な準備はできている、その絶えず纏い付く不安から母は、冬子が登校した留守に冬子の個室を隈なく嗅ぎまわった。部屋はきちんと片付いていて、それらしき凶器はおろか少年の遺書に呼応する手記やメモの類すら一切見付からない。それでも冬子の身辺に漂う鳥肌立つ気配は確かに存在する。母が冬子の個室から得た得体の知れない警報は、机に何気なく置かれたノートにあった。十数ページに亘って無秩序に引かれた薄緑のマーカー、その不可解な夥しい線は一体何を暗示しているのだろう。母は帰宅する父を庭先まで迎えに出ては、不透明に広がる心の闇に触れた恐怖に戦きながら告げた。

「今日も、あの気味の悪いマーカーが十三行も増えていたのよ。もう私独りであの子の部屋に入るなってできそうにない。暫く仕事を休むわけにはいかないの」

「確かに尋常ではないが、凶器が見つかったわけではない。それに今仕事を休んで家にいたりしたら余計あの子の疑いを増すことになる。もう暫く我慢して欲しい」

父はさりげなく諭したが、その歪んだ口元を掠めたのは、母と同じく確実に近づいてくる「姿なき殺人者」のただごとない意志を垣間見た戦慄だった。

冬子は母が毎日、ノートを点検するのに気付いていた。気付きながら、あからさまに机に置きつづけた。父や母に、いたずらな不安を掻き立てるためではなかった。そんな他愛ない親たちとの駆け引きの時期はとうに過ぎていた。ノートに入れた膨大な線、冬子はその一行一行に籠めた叫びを伝えるべき確かな相手がようやく見えたのである。その相手だけが、狂気とも思えるマーカーの堆積を冬子の遺言として受け止めるはずだった、父や母にトドメを刺す凶器はまさにその存在のうちに潜まれている。冬子は揺るぎない確信をもって、ついに少年の遺書が導く絶対の境地に立とうとしていた。

冬子がそこに行きつけた最初のメッセージは、深夜、二階から降りてくる二つの足音に聞く際立った違いにあった。二つの足音は音の響きに違いがあっても、足音の辿る動きや冬子の個室を偵察する後ろめたい疚しさは同じだった。まず自分の足音を気遣いつつ階段を降りて台所へ来る。数分そこに留まっているが、エアカーテンを開けダイニングルームから冬子の個室まで大胆に近づく気力はない。やがて廊下を戻って今度はリビングルームに入り、ふいに立てる音に怖気ずつそっと雨戸を開け冬子の個室から灯りが洩れていないかどうかを確かめる。門灯と外灯の他はそれらしき気配はまるで窺えないのに安堵し、最後は決まってトイレと洗面所に入る。再び二階に上っていく音は、降りてくる音に比べ見違えるほどの英気が戻っている。二つの足音は降りてくる回数も、その時間もとりとめがなかった。ある晩は深夜二時から三時までの僅か一時間の間に数回交替して見回りながら、その翌日は明け方五時近くになってやっと一度だけ降りてきた。

もう一つの足音は、深夜一時と決まっていた。二つの足音と違ってためらいがなく、リビングルームにから冬子の個室までまっすぐ歩き、ドアの前でぴたりと立ち止まる。その足音だけが冬子が起きているのを知っていて、ただ一言「僕も寝てはいないからね」と告げる。告げ終えるとすぐ踝を返して立ち去っていく。階段を降りて二階に上るまでほんの数分とはかからないが、足音が残す深い彩りを帯びた余韻はいつまでも冬子の部屋に漂いつづける。「僕も起きている」この短いが強い決意に満ちた宣告は、確かに冬子の立ち尽くす場所と交差する意思を伝えている。冬子は、二階の個室に戻ってまんじりともせず語りかける、声を閉ざしたそれだけに一層鋭い刻印として残る緘黙のメッセージを受け取ることができた。恐らくそこでは冬子の個室と同じく灯りが消えていて、暗い中でぎらつく眼光が和室に注がれ、一時間後かあるいは数時間経って冬子の個室をまさぐりに行く足音を聞き留めるはずだ。それが夜ごと繰り返される度に、「僕も起きている」と告げた意志は、足音に籠る温もりのない響きを記憶の底に重ね、いつか少年の遺書と出会う道を辿り始めるだろう。辿り着いた果てに、父と母の一切の囁きを拒む砦が築かれる。その砦には冬子と共有する濃厚な時間が流れ、時間の経過と共に冬子の意志を受け継いだ「殺意」となって親たちに立ち向かっていくだろう。そこで下る父と母への審判は冬子のそれよりはるかに重く、逃れる全ての手立てを厳格に閉ざすだろう。冬子がもう一つ足音から受け止めた啓示は、断ち切れたはずの絆がただ一点で繋がった事実を告げる明瞭な告示だった。

深夜一時冬子の外に佇み緘黙のメッセージを伝え始めて以来、秋夫の日常は絶えず冬子を監視するそれへと変わった。一日数時間しか眠らないその眼差しは異様に血走り、家族が顔を揃える夕食時もほとんど箸をつけず、食器を凝視する隙から冬子の挙動を窺いつづけた。僅か十日のうちに頬はげっそりこけ、顔色は死相の滲む土色に変った。それでも冬子だけにかまけた父と母は、秋夫の今にも暴発しかねない不気味な心の動きにまるで気付かなかった。

冬子は違った。秋夫の送りつづけるこの怯えと苛立ちを全身で受け止め、最後の結末を迎える時が一刻一刻ちかづいているのを心に刻んだ。少年の意志を受け継いだ冬子の結末は七年後、秋夫によって一層完璧に結実する。冬子は秋夫の視線と合う度に湧きおこる興奮を抑え切れなった。

そして十二月の半ばの夕食を迎えた。その日は高校受験を控えて三者面談があった一年前と同じ日付に当たっていた。あの日と違って晴れ渡り、陽が落ちて数時間経った夕食時も十二月には異例に暖かいままだった。しかし母は一年前の記憶に拘り、その日の夕食を鍋料理で臨んだ。鍋料理であれば家族皆が鍋を囲み幾許かでも和むはずの雰囲気に凍てつく冬子を引き込むことができる。母が鍋料理に託したのは、家族団欒の隙間に冬子の隠し持つ凶器が自然に飲み込まれていく期待だった。数日来帰りの遅かった父がその日は夕食前に帰宅したのも、恐らく母の意を汲んだ結果に違いなかった。

夕食は七時前、台所で煮立てた鍋が食卓に運ばれてすぐ始まった。そこにも卓上コンロで煮立つ間の間延びした時間を避けたいと願った母の配慮が覗いていた。食卓には姉を挟んで父と母が向き合い、冬子と秋夫は三人からやや離れて座った。何気ない配置に見えたが、いつもの家族揃った夕食とは姉と秋夫が入れ替わっていた。父はもちろん特別な気遣いで夕食に臨んだはずの母も、その際どい違いが持つ暗示に気付かなかった。前日から自室に籠りつづけ、その日は学校さえ休んだ秋夫の不穏な気配を見落としていたからだ。冬子は二日前の深夜、秋夫に遺すつもりのノートの末尾に太いマジックの線を入れた。それまでの薄緑のマーカーと違って黒色の太いマジックを使い、しかも「終わり」を意味する斜めの線を引いたのである。その日が家族と共にする最後の夕食、少年の遺書と出会って以来抱きつづけたこの決意を、秋夫にだけ密かに伝えるためだった。母もノートを点検するのは分かっていたが、母には斜めに引いた黒のマジックが何を意味するか決して理解できないとの確信があった。事実母は冬子の記したマジックに目立った関心を示さなかった。

しかし秋夫は違った。斜めに惹かれたマジック、冬子の心の襞にただ一人触れ得た絆を通して、そこに別れを告げる不吉な意志が籠っているのを読み取っていた。読み取ってはいたが、夜毎冬子の個室の前で、姉と交わした暗黙の誓約が重くのかかってもいた。それは、一言でも親たちに洩らせばその時点で冬子との絆は断ち切れるとの厳格な戒めだった。それでも秋夫は、冬子との誓約を破る言葉の代わりに、学校を休み部屋に籠ることで母に警鐘を鳴らしつづけた。夕食の食卓で、父と母に挟まれたいつもの場所ではなく冬子とじかに向き合った席についたのも、父と母にただごとない事態をそれとなく知らせる信号だった。そして席につき秋夫が目にしたのは、自身のとった行為に何の疑念もなく見過ごす父と母の平和な顔でしかなかった。

夕食が始まって十分経っても、食卓はちぐはぐな雰囲気のなかにあった。団欒こそないが鍋を無心につつく父や母と姉、その片方で食事どころでない冬子と秋夫がいた。冬子と秋夫は互いに見つめ合うこともなくただそれぞれの食器に視線を落としているだけだったが、そこにはもう片方とは交差しない不思議な緊張が漲っていた。思いは違ってもその日の食卓に賭けた冬子と秋夫の張りつめた眼差しである。秋夫の眼差しは、父と母が冬子の不吉な決意をかけらも窺おうとしない苛立ちに血走り、一方冬子にあったのは、厳格に課したはずの戒めを秋夫がふと解きはしないかとの恐れだった。二つに引き裂かれた食卓は奇妙な時を刻み、やがて冬子は自身の恐れが場違いな杞憂でしかなかったことに安堵した。まるで箸をつけない秋夫とあたかも夢中で食するかに偽装する冬子を尻目に、父と母と姉の食卓ではほとんど貪欲とでもいえる旺盛な食事がつづいたからだ。そこには秋夫の苛立ちからなにがしかの不穏な事態を嗅ぎ取ろうとする緊迫感は微塵もなかった。もともとその日は父と母の視野に秋夫は存在してはいなかった。冬子だけが二人の視野を塞ぎ、満を持して臨んだ母の鍋料理を冬子が拒みさえしなければ取り敢えずはそれでよかった。父と母には冬子の食が思いのほか進んでいるかに見えた。そのうち団欒が始まる、鍋から立ち上る熱気と頻繁に差し出される箸に二人の期待は膨らんでいた。

しかし期待は、母が白菜と肉を鍋に継ぎ足したときあっけなく断ち切れた。秋夫が鬱積した怒りを抑え切れず、冷たい違和感を持って割り込んできたのである。

「それ、誰が食べるんだ」

「あなたよ。だってさっきからちっとも食べていないでしょう」

「僕はそんなもの食べないよ」

「おかしな子ね。どこか具合でも悪いの」

「別に、ただ食べたくないだけだ」

「いいえ、きっとそうよ……。だってあなた今日、無断で学校休んだでしょう」

秋夫の目に妖しい光が走った。だがすぐ凍てつく冷笑に変り、ほとんど投げやりに呟いた。

「ああ休んだよ。明日も明後日も、その後ずっと学校へ行くつもりはない」

もちろんそれは秋夫の本心ではなかった。場違いな母の詰問、秋夫の呟きにあったのは、ただ親たちとは触れ合えない虚しさをかたちを変えて吐露したにすぎなかった。

しかし父と母は、秋夫の一言で家族崩壊を目の当たりにしたかのようなパニックに陥った。登校拒否、それは二人にとって家庭内暴力へじかに繋がる予告であり、かつて繰り返された姉との救いのない修羅場が再び甦る宣告と同じだったからだ。秋夫の言葉を、本心ではなく自分たちに向けた無念の呟きと受け取る余裕がかけらもなかったのである。食卓はその時点で秋夫をめぐる確執の場へと一変し、あれほど怯えを掻き立てた冬子の危うい影は二人の視界から跡形もなく消えていた。

一息に四年前の悪夢に引き戻された二人は、全身に駆け巡る悪寒でほとんど同時に箸を落とした。そして口々に脈略なく叫び合い、その怯えた眼差しをなぜか姉に向けた。

「今度はお前の番か。いつまでこんなことがつづくんだ」

「病気よ。きっとひどい熱があるに違いないわ」

姉はぽかんと口を開けていたが、ふいに頓狂な声で笑い出した。その笑いで父と母の叫びは秋夫に対してか姉に向けたのか分からなくなった。冬子はこんなやり取りが早く終わってくれることを願い、秋夫に顔を向けた。冬子の意を汲んだ秋夫は、姉の笑いを断ち切るべく冷ややかに応えた。

「そう、僕は病気なんだよ」

母が目を吊り上げて秋夫を凝視する傍らで、姉の場違いな高笑いはつづいた。しかしもはや秋夫は、茶番に堕したもう片方の食卓にかかずり合おうとはしなかった。おもむろに立ち上がると、腰掛けた椅子をテーブルに戻し、毅然とした足取りでリビングルームの扉に向かった。その時、父が馬鹿でかい大声で秋夫を呼び止めた。

「秋夫、もう一度ここに座れ。いったい何が不満なんだ」

秋夫は後ろ向きのまま押し殺した声で応えた。

「分からないのか。じゃ教えてやろう。まずそこで笑っている阿保を始末することだ」

姉の笑いがふいに止まった。一瞬訪れた静寂のあと、秋夫は扉の手前で一度振り返り、冬子だけをじっと見すえ、すると突然階段を駆け上って二階の自室に消えた。冬子はその足音に、最後の別れを告げる声のない慟哭が籠っているのを聞き取ることができた。父と母はそんな秋夫に追いすがるべき言葉を失い、互いに顔を見合わせるだけで椅子に釘付けのままだった。

冬子は緘黙を守り通した。食卓を発って個室に戻るとき、父と母はまだダイニングルームに残っていた。その虚ろな眼差しは登校拒否と姉の抹殺を求めた秋夫の宣告で自制を失い、立ち去る冬子の後姿を見やる気配すら見せなかった。ただ母が両手で顔を覆い、断末魔の獣にも似た凄絶な呻きを洩らしたのだけは心に留めた。こうして父と母の視界に、数時間後存在を閉じようとする冬子の像が二度と甦ることはなく、最後の夕食は終わった。

日付が替わり深夜の一時を迎えたが、秋夫はついに訪れず、冬子をまさぐりに来るいつもの足音もまた階下に降りては来なかった。一階は数時間に亘って家族の臭いが途絶え、夜通し起きた冬子の息遣いだけが漂いつづけた。

明け方六時少し前、冬子は部屋を出た。思い遺すものは机に置いたノートの他何もなかった。コートも着けず、ただ右手に前日帰宅してすぐ個室に持ち込んだ靴を持った。玄関を避け勝手口から出るためだった。ドアを開けダイニングルームに出ると、食卓は昨夜の鍋料理が食い散らしたそのまま残っていた。父と母は秋夫の宣告で冬子への恐怖どころではなかったのだろう。台所の流しの脇にはスチール製の包丁が無警戒に置かれていた。台所から一度廊下へ出て、トイレと洗面所、それに二階に通じる階段をうかがった、人の気配はどこにもなかったが、階段の二段目と三段目に吐き散らした嘔吐の跡が隈なくついていた。それは恐らく食卓で気を失いかけた母が戻した汚物に違いなかった。確かに食卓を後にするとき耳にした母の呻きにはただごとない響きがあったが、その苦悶は自分に対するそれではなく秋夫への絶望だったに違いなかった。

勝手口に降り扉の鍵を外し、と意外にも背後にひっそり佇む影があるのに気付いた。母ではなく秋夫の影だった。しかし冬子はもう振り返ろうとはせず、そのまま扉を開け外に出た。

家の角を曲がって間もなく、遠くで救急車の警笛が鳴った。救急車は見る間に近付き、十分とは経たないうちに冬子をやり過ごすと、家のある方角へと走り去った。

後にはもう冬子を遮るものは何もなかった。冬子はかなり曲がりくねった坂を降りた。降りた先は国道だった。国道は左右に分かれ、右への道を取ればすぐ先に線路にかかる橋があり、あと数分で始発電車が通る。既に数ヵ月前から冬子の脳裏を占めつづけた決意は、線路にかかる橋からかなりのスピードで近づく電車の前に身を躍らすことだった。

国道まであと十歩足らずまで来てふいに二つの声が冬子の耳を掠めた。一つはつい今しがたまで冬子の背後にいた秋夫の声で、もう一つははるか遠く幻聴とも思える微かな声だった。冬子が歩を進める度にその声は大きくなり、国道へ着く寸前、「右ではなく左へいくのよ」と促す叫びと変わった。突然とめどない懐かしさが襲った。十年近く前別れたまま会うことのなかった早苗の叫びだった。その叫びはいつか明白な言葉に変った。

「待っているからね。きっと私の元へくるのよ」

冬子は越谷で別れたままの早苗がどこに移転したのか知る由もなかった。しかし早苗の声は断固とした命令口調に変り、ただ左への道を指図し続けた。冬子は幻想のように広がる早苗の声に導かれ、きちんとした歩幅で左の方角を目指しどこまでも歩きつづけた。

ありきたりな夫婦の終活点描

1

ずっと以前から、と言ってもここ五、六年のことだが、八十歳は人生の終焉に近づく合図になる、特に男にとってはそうだ、と誰彼なしに嘯いて来た。事実日本人の男の寿命は八十歳前後に集中している。

平成二十九年年二月傘寿を迎えた。しかし二月までは何事もなく過ぎた。思いがけない事態が起きたのは誕生日が過ぎて十日ほど経ってからだった。数年来通っていた泌尿器科の医者から突然「大変なことになっている」と告げられたのである。

ぼくは二月の末日に生れている。一年早く生まれていれば閏年で、誕生日は八十歳になっても二十回しか巡って来ない。何気ないようだが、これはぼくの人生にとって計り知れない意味を持っている。巡りくる誕生日が少なければそれだけ残りの生が長いと錯覚出来るからではない。誕生日を迎える度に、他のほとんどの人達が味わえない、生涯忘れ得ない自省が鮮やかな刻印となって記されていくと思えるからだ。

なぜ一年前に生れなかったのか、これはぼくの問題ではなく父母の問題と分かってはいたが自身の運命に理不尽な疑念を抱きつづけたのは事実だった。ぼくが昭和十二年ではなく十一年に生れていれば、三日前に起きる二・二六事件を母の胎内で浴びていた。もちろんそのことを自覚は出来なかった。出来なかったが、間もなく生れ落ちる胎児として意識はなくとも日本史の悪夢に触れてはいた。それはことあるごとにぼくの記憶に奇妙な黒点として残していただろう。もしかしたら昭和二十年の八月十五日を、単に生れ落ちて九年後の出来事としてではなく、その日はぼくが生れ落ちる三日前の事件から厳然と予告されていたと自身の心のうちに言い聞かせることが出来ただろう。とすればぼくのその後の生はもっと奇怪な彩りを帯びた生となっていただろう。

八十回の誕生日を過ぎた三月十二日午後、数年来通っていた同じ市内で開業する泌尿器科の医師は一つの事実として告げた。六十歳前の、かなり素っ気ない医師である。告げた言葉は重大な意味を含んではいたが、声音は普段と変わらず淡々としていた。

「膀胱がささくれだっています。総合病院で精査してもらう必要があります。紹介状を書きますから訪ねてみて下さい」

ぼくはその言葉通りに受け止め指定された日時に、ＹＭ総合病院を訪ねた。それだけである。やがてそれが特別な意味を持つなど僕の思考にはかけらもなかった。

泌尿器科はＹＭ総合病院の四階にあった。待合室の椅子に待機する患者は大抵一人ではなく幾組みもの老いた夫婦で占められていた。しかも隣接する診療科は小児科である。この奇妙な取り合わせは一つの暗示を示唆しているかに思え、絶えず耳に纏い付く乳幼児の泣き声がぼくを苛立たせた。泌尿器の病は生まれて数十年ののちに訪れる生の終焉を暗示していて、乳幼児の泣声はそこで待機する患者にやがて訪れる運命を自覚すべく促していたのは確かだった。

一時間ほど過ぎて「間もなく呼び出します」と記した呼び出し番号の四番目にぼくの九二〇六という数字が映し出された。しかし「間もなく」ではなく、診察を受けるまでには更に一時間も待たなければならなかった。ぼくを担当した医師は女医だった。何故女医なのか、咄嗟に僕の脳裏を掠めたのはその奇妙な疑問だった。泌尿器科の治療は男の性器と直に向き合い、しかもあれこれ弄り回さねければならない。女医では不都合が起きないか、しかしこの疑問は女医と向き合ってたちどころに消えた。歳の頃は三十代と思えるが、見た目にはまだ若い二十代としか写らない。はきはき受け答えする声音には女として漂ってくるはずの色気がなく、極めて事務的で男の性器に向き合う衒いが女医のどこからも臭っていなかった。女医はぼくにズボンをおろさせ、むき出しの下腹部にエコーを当て、正面のモニターの画面に映るぼくの膀胱を見ながら冷酷に告げた。

「あなたの膀胱は至るところ痛んでいてもはや尿排出としての機能をほとんど果たしていません。このままほっておくと遠からず透析治療を受けなければならない事態になるでしょう。透析がどんな治療か知っていますか。医学的なことをあまり知る必要はありませんが、一回の透析に四時間かかり、それを週に三回受ける必要がある、といったらどんな治療か想像はつくでしょう。明日からでも自身で尿道にカテーテルを挿入し膀胱からじかに尿を排出させる必要があります」

女医の冷酷な宣告に接して初めてぼくは、泌尿器科に来る老いた患者のほとんどが独りではなくなぜ夫婦揃って見えたかを理解した。女医の宣告を妻も耳にしなければ、男は誰しも性器の突端から管を挿入する、その恐怖が不気味な想像を広げ、腎臓が破滅的な事態に至るまで医師の診断を無視しようとするに違いないからだ。

しかしぼくは妻に医師の診断をあらまし伝えた。伝えはしたがぼくが話に熱を入れたのは、若い女医だったこと、彼女は男の性器を何の衒いも見せず単なる病んだ身体の一部として扱ったことなどだった。

妻はぼくの話を無関心に聞いた。数週間経って妻にはぼくの知らないコミュニティがある事実を知らされた。

「この近くでEさんもKさんも実は袋を肩から下げている。その袋にはカテーテルから排出した尿が入っている。ときには２０００㎖も入っていると聞いた。あなたはその尿を排出できず毎日律儀に体中にまきちらしているのよ」

妻の何げない忠告でより確かな恐怖が広がり数日のうちにぼくは再びＹＭ総合病院を訪ねた。今度は妻が同行した。妻も美人の看護師によって管を性器の突端から膀胱まで挿入し尿を排出する現場を観察した。想像していたよりいとも簡単にできた。尿が挿入した管を通って流れ出るさまはむしろ快感さえ伴った。ただ男と違って女はどうするのだろうとの疑問がわいた。看護師に質問しようとしたが、その機会は看護師の「一日最低四回は必要ですよ。決してさぼらないようにご主人を監視しておいて下さい」と妻に忠告する甲高い声に奪われた。

一週間が過ぎた。妻の監視は厳しく寝起きから就寝まで正確に時間を割り振ってぼくがきちんと実行しているかを厳格に見守った。その間もぼくには女の場合はどうするのか、そんな他愛ない疑問が絶えずまとわりついた。

更に一週間が過ぎようとしたとき只事ない異変が起きた。風邪熱に冒されたのである。リビングルームから僅か数メートル先のトイレまで歩けず、手助けする妻と一時間以上も格闘してやっと便器まで辿り着ける羽目に陥った。その日から三日続けてぼくと妻はぼくが自身のホームドクターと信頼している医療生協のＡ先生の診断を仰いだ。Ａ先生は女医だが、その美貌と病状を明確にしかも優しく指摘する包容力にぼくは絶大な信頼を寄せていた。ぼくだけでなく医療生協を訪れる患者の大半は彼女の診察を希望した。他にも医師はいたが、待合室に溢れる患者のほとんどは彼女の診察でなければ納得しなかった。診察室から待合室へ出て手持ち無沙汰にぶらぶら出歩く男の医師の傍らで彼女は午後二時になっても午前中の患者との対応に追われていた。

三日の間、多忙な彼女から点滴を初めあらゆる治療と度重なる診察を受けた。しかしぼくの高熱は下がらず三日目彼女はぼくのいない控室で妻に厳かに告げた。

「ご主人の高熱は風邪なんかではないですね。泌尿器科の治療を受けているYM総合病院で診察して貰うべきです」

A医師がぼくではなく妻に告げたのはぼくが彼女以外の医師の診断はたとえ専門医であろうと信頼しないと拗ねていたからである。

ぼくはついに救急車でYM総合病院に運ばれその日のうちに入院となった。ぼくの担当医であるF女医はこれまた付き添っていた妻にこっそり洩らした。

「腎臓は臓器のなかでも極度に過敏なんです。とても尊大でいわば臓器全体を支配している臓器ともいえます。そのかわり僅かな菌でも過剰に反応し今回のような感染症の熱に冒されます。御主人にカテーテルを使っての尿排出は止めさせなければなりませんね」

F女医はA先生と違った意味で、泌尿器科を訪れる男の患者に容赦なく接しているためか甘い言葉で労わる優しさをかけらも持ち合わせていなかった。

入院して見回りに見えた二日目、「もはや一刻の猶予も出来ませんね。尿道に管を入れる措置を取りましょう」と告げた。

「いつからですか」と怯えるぼくに「今からです。いいですか、一旦つけたこの管は一生とることはできません。わかっていますね」

「わかりません」とぼくは答えたが、F女医はぼくの反応など一顧だにせず、むしろ愉快そうに病室から出て行った。

性器に異物を挿入したまま送る残り少ない余生には、突飛でそれまでとはまるで違った人生が支配する、ぼくはこの一種奇妙な予感で妻を振り返ったが、妻もまたF女医と同じく平然とぼくを見おろしていた。

2

翌日からぼくには奇妙な想像の世界が始まった。ペニスの先端から膀胱までの尿道に管が入ったことは物理的に男としてのセックスが一切閉ざされる、それはある種の厳粛な人生と向き合うことでもある、ぼくはその意味するところを何度も問い返してみた。

しかし既に傘寿を迎えたぼくにセックスが封じられることがなにがしかの意味を持つだろうか。もしかしたらそれは単に浮気ができない、それだけのことではないか。もちろん妻とのセックスもセックスらしきことも禁じられる、その奥に蠢く諦念はぼくに不快な想像をもたらしはしたが納得できないわけではなかった。

ぼくは改めて妻との長い間のセックスを振り返ってみた。

ぼくと妻は努めて規則的でありきたりなセックスを繰り返してきた。

ぼくは、多分妻も「今日でおしまいにする」と互いに誓い合った十数年前のあの夜を覚えていた。特別な夜ではない。実にさりげなくぼくが「僕にはもうセックスする自信がない」と洩らした言葉を妻がまともにうけ止めただけである。妻は「では終わりにしましょう。でも今後一度でも要求したら、その日で夫婦関係もおしまいにするからね」ときっぱり応えた普通の夜の一日に過ぎなかった。以来ぼくも妻も互いの身体に触れることさえ戒めつつ平穏な夜を送ってきた。

その日まで僕と妻は何十年もの間、毎週律儀に繰り返すセックスを中断することはなかった。かなり深刻に諍いあった翌日も、その日が暗黙裡にセックスの日と決まった夜は、妻の全裸の身体がぼくの蒲団に滑り込んでいた。ただ唇を合わせる寸前に妻は「面倒臭い」

の一言を洩らすのだけは忘れなかった。

セックスに伴う愉悦はどうだったろう。もちろん普通のセックスに伴う快感はあったが、むしろその快感は夫婦としての約束事を果たした義務感に似た気持ちに近かった。恐らくそのせいだろう、止める時も曖昧ではなくきっぱり止めることが出来た。やめたからと言って夫婦関係にひびが入ることはなかった。ただ一口も利かず黙りこくって不機嫌に顔を背け合った諍いの後、一度のセックスで翌日は何事もなく普通の夫婦に戻れる不思議な爽快感は失われた。

いやそんなことよりぼくを打ちのめしたのはぼくと妻の寝室が別々になったことだった。何気ないようだが、妻は二階の寝室、ぼくはリビングルームに眠る現実が始まり、それまで想像だにしなかった寂寞感がぼくを襲った。

ぼくと妻は結婚以来五十六年という途方もない年月、同じ部屋に寝起きして来た。ぼくが仕事で家を留守したか特別な理由で外泊した日を除き、一日たりとも別々の部屋で寝起きしたことはなかった。別々に寝起きする部屋がなかった訳ではない。幾度か転居した時も子供部屋とは別に四畳半の部屋がきちんとあった。それでもぼくは、恐らくは妻も別々の部屋で寝起きするのを奇妙に怖れていた。たった一夜でもそうすればついには共に生を送ることはできないとほとんど信仰みたいにぼくたちに憑りついていた。

初めは何気なかった。ぼくの泌尿器関係の病が発生して妻のさりげないこんな言葉でそれは始まった。

「二階の寝室では夜中小用に立つのが大変なはずだから、あなたの蒲団をリビングルームに移すわよ」

間もなく蒲団からベッドに代った。ＹＭ総合病院から退院したその日、介護関係を取り扱う施設からレンタルしたベッドがリビングルームに据えられたのを見てぼくは迫りつつある生の終焉を覗き見た錯覚に襲われた。妻の異様ともいえるいたわりが輪をかけた。

妻は二階の寝室に上がる時、決まって優しさに満ちた言葉をかけた。

「二階に上るわよ、いいわね。ここから呼んでも聞こえないわよ。だから用があったら今のうちに言ってちょうだい。いいのね、上るわよ」

妻はこのくどい言葉を三度繰り返した。繰り返した後、もう一度ベッドに入ったぼくの襟元と足元のかけ蒲団を手直してぼくの顔を改めて覗き込み、そっとドアを閉めて二階に上った。その足音は実に静かで臨終を迎える患者の枕元を去る怯えに似ていた。

幾日かのあと「そろそろ過剰ないたわりはやめてくれないか」と告げようとした瞬間、妻はぼくの額に手をあて少し熱があるかも知れない、そう言って体温計を持ち出した。三回計った体温は三六・四℃、三六・七℃、三六・二℃と一定しなかった。しかし妻は何故か納得してベッドを離れ二階に上った。

翌日から妻のぼくに対する過剰な干渉がもう一つ増えた。水分を絶えず補給することである。確かにYM総合病院のF女医も生協医療のA医師も水分を取る必要性を忠告したのは事実である。ただ忠告の仕方は違った。F女医はそれしかぼくの病気への治療法はないか如く大仰に促したのに対してA医師は淡々と大人の言葉として諭した。

妻はぼくがテーブルの前に座る時、数分おきに「湯呑」、あるいは「グラス」と叫んだ。確かにそれは「叫ぶ」との形容に近いもので普通のやり取りではなかった。「湯呑」がお茶のことであり「グラス」は水を飲めとは分かってはいても、繰り返し連発されればほとんど声の弾丸として耳朶に響いた。

しかしアルコールの類は一切禁じられた。YM総合病院に入院中、看護師が一日数回検診する血糖値が異常に高かったからである。

「飲酒はビールといえども水分の補給とは違います。それだけは厳重に辞めさせるように監視しておいて下さい」

二十歳を幾らも出ていない看護師の、この言葉にぼくは激怒したが、妻はむしろ歓喜をもって受け止めた。下戸の妻は常日頃ぼくの飲酒を嫌悪していたからである。

退院して幾日も経ずかなり内蔵していた日本酒・焼酎・ワイン・ウィスキーなど一切が

処分された。

しかしこの酷薄な束縛からは一月と八日の後、部分的に解放された。

毎月定期に通う医療生協のA医師が苦境を訴えるぼくに応えてこんなメモを書いてくれたからだ。A医師はYM総合病院のどの医師とも違って、患者を生身のある人間として向き合ってくれたのである。

「西さんは血糖値が高いといっても糖尿病とは違います。多分泌尿器官の病の関係で急速に血糖値が上がったのでしょう。なにもかも禁止することは精神的なストレスを増やすことになります。週に一度ぐらいの適度な晩酌は却って本人の健康保持のためにいいことです」

妻は「A先生にどんなマジックを使ったの」と不満を洩らしたが、土曜日の晩酌としてアルコールは250ccと500ccの缶ビール一缶ずつは許された。更にぼくはウィスキーと焼酎を買い込み、本棚の奥に隠しておいた。しかしぼくの挙動をつぶさに監視する妻の鋭い視線を盗んで書斎に仕舞い込んだウィスキーか焼酎をグラスに半分ほど入れオンザロックにするのは尋常な労苦ではなかった。

リビングルームで食事を済ました妻は絶えず隣りでビール嗜むぼくから視線を外さない。その隙を狙って書斎まで出掛けるのは、厳重な監視下にある囚人が脱走の機会を狙うほどの緻密な課を必要とした。そのうえ僕の腰からは尿の入った袋がぶら下がっている。これも腰に縄で縛られた囚人への見せしめと似ていた。

3

三ヵ月の後、妻はぼくへの新たな課題を見つけた。ヨガである。妻の持つコミュニティから「ヨガによって持病の腰痛どころか一時的に高くなった血圧も治った」との情報を仕入れ、ぼくのためにそれらしき道場まで探し出した。はじめ頑強に抵抗したぼくだったが、一度でもいいから訪ねてみてと譲らない妻に、ついにはA先生に聞いて「それは結構ですね」との答えを得たらヨガに通うとまで譲歩した。

一週間してぼくは妻を伴いヨガ道場ではなく生協医療を訪ねた。

「ヨガですか。悪いとはいいませんが、もっと素朴でいつどこでも出来るリハビリがあります。歩くことです。大半の病で歩くことに勝るリハビリはありません。西さんはイーストランドにお住まいでしたね。高台にあっていい散歩コースに恵まれていると聞いています。数百歩から初めて二千歩以上歩けるようになったらそれだけで立派なリハビリになります」

妻もA先生の助言には逆らえなかった。最初の一週間は「榆と欅の木陰公園」と愛称された公園までの往復だった。携帯の歩数で測ると七百歩ほどである。妻ははじめから共に歩きぼくの歩調をつぶさに検証した。夫婦が揃って散歩する場合、大抵妻が夫の後ろを歩く。ぼくと妻は違った。僕がまだ健康だったころも妻はぼくの先を歩いた。妻は姿勢が良く背筋を伸ばしてリズミカルに歩き、百歩歩けば僕とは五、六歩先んじた。

病み上がりのぼくでは更にその差は歴然と開いた。恐らく妻は普段よりゆっくり歩き、絶えずぼくを気遣って歩いただろう。それでも幾度も立ち止まりぼくが追いつくのを待ち続けた。そしてぼくの歩調について必ず寒々とした言葉を投げかけた。まるで後ろに三つ目の眼が備わっているかの如く的確に、ぼくの歩調の乱れを読み取っていた。

「さっきから左足を引きずっているわよ。今日は昨日に比べて四五点ね。昨夜の眠りが浅かったんでしょう。さあ水を飲みなさい。水分が不足している。それが歩行にも出てくるのよ」

そして妻は何かの閃きを得たかの如く付け加えた。

「そうだ、あなたには杖が必要になったわ。ずっと以前から玄関に杖があったわね。なぜ今まで思いつかなかったのかしら」

もちろんぼくも家のどこかに杖を置いたのを覚えていた。まだ確かな歩行ができた数年前友人のS氏から贈られたものである。ぼくは家のどこかに放っておいたが、妻はやがて杖が必要になると信じて玄関に立てかけていたのだ。

当時ぼくにとって杖は不要だっただけではない。ぼくと同年輩の友人たちが杖を使って歩くのを見て暗澹たる思いに駆られた記憶にあった。その記憶とはぼくの脳髄の襞から聞き取れるこんな囁きだった。

杖を持つことは冥途への確かな一歩を踏み出すことに違いない。この世と冥途を分け隔てる境目は杖が雄弁に教えてくれる。現世で善行を施した者にはその境目がほとんど消えていて、杖を使い始めても何ら支障なくあちら側へ移れる。つまり何気なく枯れることができるのだ。しかしそうでない者にはその境目がくっきり見えていて、杖が地面を踏む音の度合いによって一歩一歩どれだけ近づいたかを教えてくれる。

ぼくは死を怖れたことはないが、死が近づく瞬間の恐怖は幼い頃から手放さないでいる。杖がそれを測る目安となるのであれば杖を持つことほど不快なことはないだろう。

しかしぼくのこんな理屈を到底妻が理解するはずはなかった。

あくる日からぼくと妻の散歩は二人ではなく、杖を持つもう一人のぼくと三人になった。

一週間が過ぎて楡と欅の木陰公園までの途を少しずつ迂回し幾つもの道筋を歩くように

なった。その頃から杖で歩くもう一人のぼくは通過する家並に不思議な違和感を抱き始めた。四十年以上住み慣れた街である。どの家が垣根に植えたカイズカイブキで街路からの視界を遮断しているか、どの家がかなり以前から表札をつけていないかなどもぼくの記憶には埋め込まれていた。

通り過ぎる大抵の家は実にありきたりでぼくの家とさほどの違いはない。だが杖を持つぼくから眺める家々は何かが違って見えるのだ。何が違っているのかはっきりとは言えない。どの家にも人がそこに住んでいて生活している、その濃厚な臭いが伝わってこないのだ。たまに二人の子供が騒いでいる声が洩れている。しかしその声はかつてのそれと違って周りの寂寞たる家並に遠慮し寂しげに孤立している。

ぼくが三十年以上も居住するここイーストランドは、文字通りF市の東端にあって小高い山を切り開いて造成した宅地である。出来た当初ほぼ一様な家々によって生まれた宅地だけに、老いもまたほぼ一様に襲っているかに見える。

住民の大半は数千万のローンを返済できる中流の人達だった。僅か三十年前までは家々には数人の子供がいて、ごく限られた家を除き夫婦が揃って健在だった。そのうちの何軒かは夫婦どちらかの父母が同居し、孫を交えた団らんがイーストランドのあちこちから聞こえていた。いつからその声が途絶えはじめたのだろう。恐らく初めは数軒か十数軒だったものが、五年十年を経るうち次々祖父母は亡くなり、子供たちは家を出ていった。夫婦だけの生活が穏やかに始まったかに見えたが、それはつかの間の安らぎに過ぎなかった。恐ろしい時間の流れがひと時も絶えることなく襲い続けていたのだ。

時の流れは夫婦のどちらかの肉体を冒し始め、間もなく老老介護のすさんだ姿が刻一刻家の至るところを蝕んでいった。八割方は多分夫が病んでいて、一方妻は果てしなく続く介護で身体ばかりか精神までも蝕まれていったに違いない。

妻と散歩を始めて半月過ぎた頃から妻はぼくの歩調に注文する傍ら家々の事情を洩らし始めた。

「ここの御主人はついこの間脳梗塞で亡くなったのよ。でも奥さんはほっとしたでしょうね。三年は車椅子であと三年は寝たきりだったから」

「あなたがＹＭ病院で入院しているとき立話したＤさん、五日前に亡くなったのよ。とても好い人だった。私と顔を合わせる度、あなたのこととても気遣っていた」

ぼくはその度に故人となったそれぞれの顔を思い浮かべた。妻が教えてくれる故人は僕と同年齢か一、二年年下の男性ばかりである。彼らの妻たちは夫の介護から解放されてほっとしていただろうか。少なくとも十数年前までは寡婦となった妻たちは確かに生き生きしていたが、ここ数年彼女たちの顔色は冴えない。イーストランド全体に少しずつ忍び寄る漠然とした不安と荒廃が彼女たちの気持ちの奥深くに澱んでいるからに違いない。

その不安と荒廃を現実に晒しているのが誰もいなくなった無人家屋の存在である。

杖を持ったもう一人のぼくは、イーストランドの通りを二つほど曲がれば大抵一軒の無人家屋を見つけることが出来た。杖を持たずに歩いたぼくには人の居住する家とさして変わりなく、ただ車庫から車がなくなり庭の雑草が伸び放題に見えるに過ぎなかった。杖に頼り始めたぼくの視野に写る無人家屋は、垣根のフェンスが朽ち果て、枝を四方に伸ばした庭木には蔦が恐ろしく絡み合い、庭の雑草は道路まではみ出ている。そして大抵数匹の野良猫がたむろし、ぼくたちが通っても逃げたりはしない。むしろ自分たちの領域を侵すよそ者が侵入したといわんばかりに牙をむいて睨みつけている。

イーストランドの最も西側の通りは四軒並んで建つ家並が一軒を除いてすべて無人家屋になっている。三軒が一斉に人が住まなくなったというのではないだろう。恐らく最初の一軒から住人が去った時は他の三軒はまだお互いに隣人としての付き合いがあり、生活の匂いがあっただろう。しかし三軒が二軒になり、ついには一軒だけが取り残されたとき、家族が語り合う時も食卓で夕飯を囲むときも奇妙な静けさが家の中を支配し始めただろう。取り残された自由は却って自由な空間を奪い、互いに洩らす声もひどく湿っていて、家の締まりのない空間に吸い取られていく。その一軒を取り囲む無人家屋は既に家屋ではなく廃屋と化しているのだ。

イーストランドに迫りつつある恐怖は、実はまだ人が住んでいて、しかし生活の臭いを消した一人住まいの家の存在かも知れない。彼らはほとんど八十歳を越した老人であり、生き延びる手段は隣人たちの手助けや市からの保護であり、時折訪ねてくる子供たちの僅かな目配りである。あと十年も経てば、手助けした隣人も彼らと変わらず逆に手助けを乞う存在に転じ、市からの保護も途絶え、訪ねてくる子供たちそのものも老いてくるだろう。

妻は歩きながらそうした一人住まいの家はほぼ四軒に一軒に達していると他人事みたいに語った。とすればかつて五百軒はあったイーストランドは既に百五十軒が廃屋になっているか人の臭いを消した一人住まいの家となっている。

4

初めのうちぼくと妻は始終語らいながら歩いた。話題の大半がどの家の主人が寝たきりになっているか、既に亡くなったらしいが誰もはっきりとは知らないなど凍えつく話ばかりだった。一週間が経ち二十日を経てぼくも妻もめっきり口数が少なくなった。それらの話はやがてぼくと妻の間にもいずれ訪れる現実だったからだ。

ぼくにはいつしか妻ではなく杖に頼るもう一人のぼくと語る時間が増えた。妻を交えたあたりの風景は奇妙な沈黙に包まれているが、ぼくと杖に頼るもう一人のぼくとの対話は絶え間なく続いた。

ふとぼくには杖に頼るもう一人のぼくが数十年の昔、ぼくの冒した罪を囁きかけてくるのに気付いた。

傘寿を過ぎて、間もなく訪れる冥途への旅路にこの世で置き忘れた罪の清算を迫る声である。その声は冥途の果てから洩れる声と聞き紛れるほど言葉を切り刻んで聞こえてくる。冥途の果てからの声には当然ぼくが野辺送りした親族や知人のそれも含まれていて、それらは茫洋として余り聞き取れない。

初めは誰の声かは判別できなかったが耳をそばだてているうち、たった一つの声だけが真っすぐぼくの内心を貫いてくるのが分かった。父母の声ではない。もっと身近でぼくが片時も忘れることのできない明瞭な声としてである。はじめは数年前亡くなった刎頸の友・吉宗の声かと思ったがそうではなかった。しかし吉宗の声がその声に重なっていたのは確かだった。

父母の声も死に際に聞き漏らしたいくつかの声がひとつの固まりとして聞こえてはい

た。

　しかし傘寿を過ぎた今では父母の死ははるか彼方へ遠のいてしまった。もちろんその死について散文的にはぼくの記憶に語るべき痕跡を残してはいる。父母をそれぞれ比べれば母より三十年も前に鬼籍に入った父の方がまだしもぼくの心の中に生きている。その死顔も葬祭がどんな形で行われたかもきめ細かく記憶している。

　父はほぼ人生の全てを故郷の島の教育に捧げ、かなり高名な教育者としての生涯を貫いた。しかし父の死は島ではなく故郷と離れた県庁所在地の病院で息を引き取った。深夜、午前一時過ぎだったが、翌日には火葬に付した。ぼくと長兄がそうしたのである。なぜそんなに急ぐ必要があるのか、と市の担当職員は怪訝に質した。遺骨にして生まれ故郷の島へ運び、そこで葬祭を執り行う必要があるからだ、とぼくたちは答えた。葬祭、葬儀ではないのか、と職員は質した。彼は神道の場合、葬儀ではなく葬祭と言うのを知らなかったのだ。葬祭は葬儀と違って死者を弔うのではなく神様に昇格するのを祝うお祭りの謂いである。しかし市の担当職員の問いにそれが答えになっていないことぐらいぼくたちは知っていた。知っていてそれが当然の理の如く答えたのである。ともかくぼくたちはことを急ぎたかった。息を引き取るまでの父の死が数日を要しぼくと長兄を苛立たせたからだ。ぼくと長兄だけでなく他の兄弟姉妹にとっても肉親の死は初めてだった。僕たちに漠然とあった不安は母を除いて父の死が語り掛ける事態の重さから出来るだけ早く逃げだしたかったのである。母は僕たちの甘さを知り抜いていたからだろう、「お前たちはひどい」と洩らした母の悲鳴を後々まで覚えている。

葬祭の間中、母を含め誰も泣かなかった。涙は息を引き取るまでの長すぎた病室で枯れつくしていた。

故郷の島で、西家歴代の墓に運ぶ父の棺は異様に重かった。参列者の誰もが「先生は生きていて以前と変わらず教訓を垂れているのですよ。だからこんなに棺が重い」と声をそろえた。

葬祭が終って数日の後、一人の還暦を過ぎた男が見えた。ぼくたちはもちろん母も面識がなかった。彼は父の遺影に参拝したいと称して家の中につかつかと上がった。父の遺影を前にした彼は「線香は何処にあるのか」とかなりぶしつけに尋ねた。

「うちは神道ですから線香はありません。代わりに御幣を添えた榊を置いています」

母に代ってぼくが応えた。それが彼の憤激を呼んだのか、彼は「ここは仏教ではないのか。そうだと思っていた。生前からこの先生はどこか不遜だと、とわしは睨んでいた。多分あの世に行っても仏の慈悲にはすがれまい」と言い放った。ぼくが彼の前に立ちはだかったのは彼の罵倒から一分とは経っていなかった。ぼくは彼が遺影の前に置いた香典袋を彼の前に叩きつけ、激怒の余り言葉に詰まりながら呪い続けた。

「たった今ここから出ていけ。父は神官だった。貴様には必ず神の祟りがあるはずだ。その祟りがどれほどのものか、今夜から貴様は知ることになるだろう」

ぼくは神の祟りなど信じてはいなかったが、父の四十九日の数日後彼が海で溺死したのを聞き及び、背後から覗く父の遺影を見つめた。確かに父の魂は生きていたのである。


母の死には語るべき言葉がなかった。あったのは母の介護に明け暮れた姉と義兄の人生だった。


葬祭の日、思いがけず多数見えた参列者の中にも誰一人涙を見せる者はいなかった。母の死があまりにも遅すぎたからだろう。あと二十四日生き延びていたら享年百だった。参列者のほとんどはその長寿を賛美した。ぼくはずっと後まで参列者の数人と交わしたこんなやりとりを覚えていた。

「故人となられた母上は死の寸前まで意識が確かだったと聞いています。そういってはなんだが、百歳近くになっても全く惚けの気配すらなかったのはやはり驚嘆すべきことといっても過言ではない。どんな秘訣があったんでしょうか」

「おっしゃる通り紛れもない秘訣がありました。母が驚くほど我儘だったことです。病院を出されて以降、二十数年の間、死が訪れるまで六人いた僕たち兄弟姉妹は姉を除いて誰一人母の面倒を見ることができませんでした。それぞれに努力はしたんです。しかし半年はおろか数ヵ月も老いた母と同居すらできなかったのです」

「するとあなたのお姉さんだけが二十数年もお母さんを介護なさったのですね」

「いいえ、姉と姉の夫である義兄の二人です。でも一言いっておきますが、人並み以上に生き延びることは、当人にとっても見守る肉親にとっても喜ばしいことではなく、むしろ残酷なことなのです」

　さりげなくそう応えたぼくではあったが、その答えに潜む不自然な事実に、ぼくを含む兄や妹たちの自省が余りにも欠如しているのに気付いた。義兄は母との血縁の繋がりはない。姉の夫だったというだけで母の息子や娘たちが逃げ出した母の介護になぜそれほどまでの執着を見せたのだろうか。

　今なお母への思い出を汚しているこんな記憶がある。薬局だった姉の家を訪ねた時のことである。

　姉は買い物に出かけて留守だった。それが不満だったのか母は奇声に近い叫びをあげて姉を呼んだ。姉の代わりに義兄が母のもとに駆け寄った。薬剤師の義兄は薬局に常駐するため姉の留守には母の介護を一手に引き受けていた。

「誰があなたを呼んだ」

母の頓狂な声はぼくの耳朶を抉るほど不快に響いた。しかし義兄は「すみません。いま涼子はでかけていますから」となだめ、母の汚したおしめを取り替えた。

「娘がいるのに、他人の男にシモの世話をして貰うなんてこんな不幸はない」

母の憤激に満ちた罵倒は姉が帰宅しても止まらなかった。姉は母をなだめ続けたが、十数分ののち突然喘息の発作に見舞われた。一旦始まると姉の喘息は容易には止まらず、その苦悶に満ちた表情には死神が姉にまといついているかに見えた。

ぼくが母に殺意を覚えたのは間もなくだった。確かにその時ぼくには明瞭な殺意があった。ずっと後になってぼくは、義兄の断固たる介在がなかったら母を扼殺していたかも知れないとの恐怖の記憶に戦慄した。

「一体誰のお陰で施設にも送られず、ここでのうのうと生きておれると思っているんだ。お前の汚い大便を娘の夫が始末しているんだぞ。それがそれほどいやだったらたった今死んでしまえ。でも自分では死ぬこともできないだろう。だったら代わりに俺が冥途に送ってやる」

しかしぼくがずっと記憶に留めていたのは母を扼殺しようとした自身の狂気ではない。その深夜、義兄がぼくに洩らしたこんな述懐だった。

「お義母さんのあのお叱りの言葉でほっとするんですよ。これでわしはやっと西家の本当の一員になれている、そんな思いが魂に響くんです。お義母さんの頭脳は明晰です。その明晰な頭脳でわしに自分の息子以上の言葉をかけている。感謝しなければいけません」

義兄のこの述懐にはただの感傷からではなく、日々繰り返された恐怖が織り込まれていた。義兄は深夜母が姉に浴びせる叫びを聞いていた。その叫びを耳朶に留めながら、自分には義母と妻の間に割り込むことはできない。ただ妻の涼子が義母を道連れに突然死への誘惑に落ち込む恐怖の一瞬を、妻の夫としてではなく肉親として目撃しなくて済む祈りに閉じ込めようとしていたのである。

深夜姉と二人だけになると、母は決まって付き添う姉に、ベッドから起こしてくれと要求した。姉が必死になだめると母の感情はますます苛立ち最後はベッドの蒲団を蹴り上げた。姉がなんとか母をベッドから起こして車椅子に移すと、今度は腹の底の方から響く陰鬱な呪いの言葉を浴びせ続けた。

「ここで生きているのは死ぬよりつらい。娘だったら一思いに殺してくれても罰は当たるまい。もう息もつくのもやっとの思いだ。早く楽にしてくれ。ほんの少し首を絞めてくれればそれで済む。聞いてくれ。首を絞めてくれ。それでわしはこの地獄からあの世に行ける。殺してくれ、首を絞めてくれ……」

母の狂気が始まる時姉は母をなだめなかった。なだめればなだめるほど母の狂気は途方もなく嵩じたからだ。なだめる代わりに姉は神に祈りつづけた。

「神様、どうか母の狂気を鎮めて下さい。どうか母と私を助けて下さい」

姉は毎夜絶対の緘黙の中で祷りつづけた。声を発しないその祷りは時として夜が明けるまでつづいた。不思議に祷りの間、姉の持病だった喘息は祷りの中に吸い込まれていた。多分その間、姉の意識は事実上凍えていたのだろう。義兄は襖の陰に立ち尽くし、姉の呼吸が少しずつ死に向かって硬直していくのを聞き洩らすまいとしていた。

義兄は姉と共になぜ母を鎮めようとしなかったのだろう。思うに義母と自身の妻が極限の緊張の中で対峙しているとき、死神すらも恐れ戦き決して近づかないのを知り尽くしていたからだろう。


ぼくが死神すら怖れた母と姉の凄惨な姿を知ったのは母の死後である。姉は昼間、母が寝入った後、母の狂気をつぶさに記録していた。母の介護によって奪いつくされた自身の半生を記すためではない。世間に死と隣り合わせにある老人の介護に潜む恐怖を知って貰うためでもない。そんな大義を振りかざす理由で姉は母の狂気を記したのではなかった。全てはぼくに、自分が母の狂気に耐えることができたのは夫の存在の故だったと知らせるためだった。

姉は西家の兄弟姉妹の中で孤独だった。姉と義兄に寄り添ったのはぼく一人といってよかった。

「これはあなたにだけ読んで貰うために書いた。だから読んだ後すぐ破棄して欲しい」

手記を渡すとき姉はそう懇願した。しかし僕は燃やすことも破って破棄することもしなかった。姉の手記に籠められた生きざまは姉個人のものではないと僕は堅く信じていたからだ。そこには自身の夫である義兄の、決して他人には一言の苦言も洩らさなかった孤高の生涯も記されていた。その孤高の魂には姉への汲みつくせない雄大な愛があった。

ぼくの内面を黒く塗りつぶした死に至るまでの母の記憶は長い間、闇に消えていた。その記憶がある日、ふいに甦ったのである。傘寿を過ぎて杖に頼る自身の終末が自身の眼差しのなかでくっきり見え始めたからだろう。

杖に頼るぼくには絶えず妻が付き添っている。その姿はいたって何気ない。ただその日の、ぼくの歩行についてあれこれ注文を付けるだけである。その注文は煩わしくはあるが、妻の視野にはぼくの死に至る恐怖の時間はまだ描かれてはいない。それがぼくの目に映った妻の現在だった。

やがて妻は杖からすら見放されたぼくと向き合う時を迎える。その時に至って死の床に近づく病人の介護がどんな内実を突き付けるかを知ることになるだろう。ぼくは常々母と同じ行末を辿ることはぜったいあり得ないと自らを戒めてきた。しかしその戒めはまだ杖を頼りに歩ける現在のこの瞬間だけにちがいない。

妻は姉が綴った母の凄惨な姿に接してはいない。それどころか姉の手記にも触れてはいない。母の終末は介護を引き受けた者だけしか覗くことのできない世界だからである。

母の意識は死の寸前まで恐ろしいほど明晰だった。明晰だったが故に死の恐怖は母を狂気の中に埋めた。姉は手記の中でそう繰り返している。妻が姉の手記を覗けばぼくも母と同じ運命を辿るだろう、そういいきってもいい過ぎではないと確信するのに疑いを入れない。

妻が杖に頼るぼくの歩行に過剰なほど神経を研ぎ澄ますのは、ぼくの行末に漠然と、しかし確かな予感を覚えているからだろう。

妻は幾人もの、ついには歩行を奪われた老人の末路を、ここイーストランドで聞き及んでいる。聞き及んではいるが、介護を担った妻たちはただ「想像できないほど大変だった。身体のことではない。神経が救いがたいほどぼろぼろになった」と述懐するだけだ。そこには姉の手記が語る介護の恐怖の一端を語ってはいるが、介護する自身をも死神の誘惑に思わず憑りつかれる戦慄は隠されている。

妻はぼくの死そのものをまだ現実の視野に捉えてはいない。恐らく妻にとってぼくの死が不気味なのではないないだろう。また憐れんでもいないだろう。死に至るぼくの明晰な頭脳がどんな狂気をもたらすか、それが絶えず妻の不安を駆り立てるに違いない。

ぼくに訪れる死は今日か、明日のことか、あるいは数年先まで伸びるのか。ぼくの身体に見る不確かな異変は妻の耳朶にいつも不穏な何事かを囁きかけている。

妻は毎朝、ぼくの尿道からカテーテルを伝って溜まる尿袋を注意深く点検する。１５００㎖あれば安堵し、１０００㎖以下であれば「どうしてもう少し水分を取ろうとしないの」と怒りを含んだ声をあげる。

妻は絶えず泌尿器科の医師から受けたこんな忠告に縛られてきた。

「ご主人のすさんだ膀胱からくる奇病はただ多量の水分補給によってなだめるしかありません」

妻の止むことない監視の視線はいつもぼくの手元に注がれている。そして数分毎に鋭い声を発する。

「さっきから全く飲んでいないわよ。なぜ飲もうとしないの」

「いやずっと飲んでいる」

「湯呑茶碗のお茶はさっきのままじゃないの。一口でも二口でもいいから飲みなさい。さあすぐ口をつけなさい」

その声は次第にヒステリックに響き、ついには一つの決断を口にするまでに至る。

「Gさんの御主人、最近目にしないでしょう。奥さんがどこかの施設に移したらしいわよ。まだ杖も使わず歩けたのにそうしたらしい。わたしもそうしようかしら。それが嫌ならわたしが家を出ていくのがいいかもしれない。……いいのね。ほんとにそうするわよ」

もちろん妻の言葉は脅しではない。時折妻の眼差しに滲む奇妙な笑みには、そう決断した時の心から湧き起る不思議な安堵と快感を読み取ることができる。

5

ぼくは今、イーストランドに間もなく訪れる恐怖を語ろうとしている。それはぼくの生きている間ではない。ぼくが冥途に旅立って一定の時間を経たのち、イーストランドのあちこちから洩れ聞く呪いの声に満たされる恐怖である。はじめは一つかせいぜい三つだったが、いつの間にかイーストランド全体を覆いつくすだろう。なぜもっと早くあの決断をしてくれなかったのか、声の主は断末魔の最後の呼吸音を聞く自由すら奪われてなお生きることを強いられた人たちが発する声の固まりである。彼らの大半は安楽死を望んだ。安楽死ではなくとも死という生きつづけることの恐れやとめどない不安感からの解放を願った。

人の命はなにごとにも代えがたく重い、それは地球全体の重さよりも重いのだ、そんな命題が日本にはごく当然の如く通用しつづけてきた。その重い軛によって安楽死を受け入れる思想が弾き飛ばされてきたのだ。これは未来に顔向けできない犯罪ではないだろうか。安楽死の代わりに、自身の希望からではなく、意志を喪った時点で老人の多くは多分「死を待つだけの施設」に送られている。しかしそこは安楽死の施設ではない。

ぼくが語ろうとしている事実の向こうに吉宗の死があった。吉宗はぼくの高校時代から片時も友情を絶やさなかった刎頸の友である。いや最後は死顔に接することすらぼくの前から閉ざされた。

吉宗は自らの死を的確に、しかし何一つ未練も残さず死への時間を見つめつつこの世を去った。親戚はおろか彼の妻すら吉宗の死に様に介入することは許されなかった。できたのは彼が意識を失くして救急車で病院へ運ばれたときだけである。

意識を取り戻した瞬間、彼は自身の身体のあちこちに繋がれた管を取り外した。そして彼がずっと加入してきた尊厳死協会へ連絡するのを強請した。

「自身の身体に加えられた一切の措置を拒絶する。そう伝えて欲しい」

彼は自身が尊厳死協会へそう伝えるまでは自身の意識は明晰であるはずと信じて疑わなかった。妻へもくどいほどそう伝えていた。しかし妻は意識を失ってなお自身の死を直視しようとする吉宗の余りにも潔癖な意志と同居できなかったのだろう。三回だけ吉宗は意識を失って救急病院へ運ばれている。

それでも妻もまた吉宗の冷厳な世界と共に生きようと努力した。ぼくは一度だけ吉宗の妻から号泣で声を詰まらせながら訴えるこんな抗議の電話を耳にした記憶がある。

「さっきYと称する男が駆け込んできました。Yは西さんと同じ高校時代からの友だからとわめいています。止めて欲しいと必死に懇願したのに聞いてくれませんでした。最後は吉宗が入院している病院へ私の懇願を振り切って出掛けたんです。……私はYの行為を絶対許しません。Yにどんな権利があってそんなことができるんでしょうか。Yは妻の私よりずっと長く主人と付き合ってきたから、と主張しました。でも付き合いの長さではありません。今の吉宗がどんな心境にあるかを読み取れるかどうかなんです。あと数ヵ月の命と医師から予告されても親戚の誰とも会いませんでした。吉宗が拒絶してきたからなんです。西さんにも繰り返しそう伝えましたよね。Yにはそれがわかっていないんです。私はYを絶対許しません」

病院に駆けつけはしたが、Yはついに生前の吉宗と会うことはできなかった。たとえ誰であれ面会謝絶との堅い言葉を言い渡されていたからである。病院から焼き場へ直送された吉宗の死顔に接することができたのも妻だけだった。

今になってぼくは何者をも寄せ付けなかった吉宗の意志がよくわかる。死は誰のものでもなく自分だけに許された尊厳の極致である。そこにあるのは自身の生涯を自身だけの意志で閉じることのできる行為である。吉宗は最期の瞬間まで明晰な意志を持ちつつこの世に別れを告げた。

吉宗が息を引き取ったのは、自身で死を予告した三月十三日より一月と四日遅れた。深夜だったが、その時は晴れ渡っていた。彼の妻が報告した記録によれば風雨が荒れ狂った前日の天候は吉宗が息を引き取る数時間前にピタリとやんでいた。多分吉宗が望んだ何事もない日に何事もなくこの世から消える願望が天に通じたのだろう。吉宗が妻に託したぼくへの最期の言葉は「お先に失礼」との一言だけだった。

しかしその一言には吉宗の強い意志がこめられていた。吉宗の死以来ぼくには、もしかしたらもう一つのことをいい遺したかったのではないかとの思いが硬いしこりのように残った。

吉宗が生前一人の女性の荘厳ともいえる死に接していたからである。吉宗は彼が自身の終焉に際してそうしたように、ついに彼女に会うことはできなかった。幾度彼女の入院した病院を訪ねたことだろう。しかしその度、彼女と面会どころか病室に入ることすら頑強に拒まれた。何故彼女はそれほどまでに頑なだったのだろう。


すべては数十年前の吉宗の故郷である島の桟橋にあった。

一人の二十歳を幾らも出ていない知的な女性が桟橋に立っていた。彼女は島の存在を地図の上で確かめただけで、どんな島かもほとんど知らなかった。どのくらいの広さがあり人がどのくらい居住しているかの実感もまるでなかった。ただその島を訪ねる使命にも似た約束に自身の存在の全てを賭けていた。訪ねる先は吉宗の実家だった。

桟橋から吉宗の家がある村へは一日数本のバスしか通っていなかった。

彼女は既に二時間以上潮風に吹かれながら桟橋に立っていた。はじめて見ず知らずの、吉宗の母を訪ねる興奮と不安で彼女は時折眩暈に襲われていた。しかし彼女の決意はいささかも揺るがなかった。一年この島に逗留する、それが愛する男との約束だったからだ。

吉宗は彼女が自身の実家を訪ねることなどなにひとつ聞かされていなかった。ある日、実家で独り居住していた老母から届いた手紙で女性の訪問を理解しただけである。

「東京からとても素敵で若い女性がいらしている。もう一月も一緒に過ごしているが、間違いなくお前の知り合いの方のようだ」

母からの手紙にはただそれだけしか書かれていなかった。吉宗はしかしそれだけの手紙で、すべてを読み取ることができた。吉宗にとってなぜそんな事態が起きたのかを探索する必要はなかった。突然実家を訪れた女性は長年の友人であるぼくと深くかかわった女性だったからである。

ぼくは律子といったその女性との抜き差しならぬ関係に陥った経緯を吉宗に打ち明けていた。

「妻と離婚しようと思っている。別れることのできない女性ができたからだ。ただ今すぐではなく一年の猶予が欲しいと彼女に伝えてある」

その一年どこで過ごすのですか、彼女が必死の形相で質した問いに、ぼくは暗示として故郷には吉宗の実家があると示唆した事実も伝えた。吉宗は長い沈黙の後、ぼくの顔ではなく眼の奥に眠るぼくの魂に触れつつこう断じた。

「僕は君の精神が奥さんとは絶対離婚できない事実を知っている。長年の友情にかけて忠告するが、できない約束は今この場で忘れるべきだ。その代わり僕が必要な役割は必ず引き受けるつもりだ」

吉宗の忠告にはぼくの卑劣な計略を読み取った怒りが籠っていた。

数年経って自責の念に駆られたぼくが「彼女がいまどこにいるか教えて欲しい」と懇願した時、吉宗は吐き捨てるように言葉を荒げた。

「それはできない。いや君が再会を望んでも彼女は絶対許さないだろう。人を欺くのは一度だけで十分なはずだ。君は既に一度彼女との約束を反故にしている。今後もし君が彼女について一度でも話題にしたらその時点で君との友情は終わりにする」

吉宗は言葉の上だけでなく現実に律子を見守り続けた。それができたのは吉宗の妹が律子の長年の友人だったからだ。

吉宗は四十数年もの間、実際には一切の接触を避けつつ、ただ妹にそれとなく律子の消息を質すことで彼女の生涯に吉宗の像を刻印として残した。律子もまた吉宗の人格を全身で受け留め、一度も会うことのなかった吉宗の全人格を理解し、自身の精神の同伴者として受け止めた。しかし現実ではなくあくまで想念の中で吉宗の像を磨きつづけた。

吉宗が最も律子に近づいたのは律子が死を迎える二ヵ月前だった。その間吉宗が律子の入院する病院を訪ねたのは五回に及んだが、一度も会うことは叶わなかった。

なぜ律子はそれほど頑なに吉宗と会おうとしなかったのだろう。恐らくぼくによって壊された理想の男の像を、現に顔を合わせることでもしかしたら吉宗に対しても同じ轍を踏むかも知れないと怖れたからに違いない。ぼくが律子に及ぼした人格の破壊は途方もなく重かったのである。

吉宗は律子が亡くなった直後、やっと律子の病室を訪れることができた。そこで吉宗が目にしたのは、何一つ律子の痕跡を残さず、次に入室する患者のために整頓され過ぎた冷え冷えする部屋の風景だった。ただその病室からは満開だったろう花が散りはてた後の残骸だけを留めた海棠の枝が見えた。吉宗はその枝に絶対の孤独に堪えた律子の残像を見ることができた。

吉宗がぼくに残した「お先に失礼」の一言もまた、律子の残像を見守る遺言だった。その遺言によって、ぼくは冥途に旅立つまで突き刺さる贖罪を抱きつづける宿命に釘付けにされたのである。

6

ぼくの居住するイーストランドには二面のコートを持つテニスコートがある。妻の留守中、杖を頼りに独りで歩くぼくの先にまだ古希には間がある女性が立っている。女性の立つ道路の下はテニスコートで、かつて彼女はほとんど連日ラケットを振っていた。

何気なく立っているかに見えるが、まだ一月の半ばであってみれば薄いセーターと半ズボンを着けただけの彼女の姿はどう見ても尋常ではない。テニスコートを見つめ続けた視線をぼくに移した途端、彼女はほとんど小走りでぼくに近づいてくる。既に十時を過ぎているが、乱れた髪と薄汚れた顔を見れば彼女が寝起きのままで化粧らしき何の施しもしていないことが分かる。彼女はぼくをじっと見つめて問いかける。

「どこかでお会いしたことがありますね」

「もちろんです。確か一昨日もお会いしたと思いますが」

「教えて下さい。イーストランドへ行くのはどう行けばいいんでしょう」

「ここがイーストランドですよ。おうちは何処にあるかわかっていますよね」

「わかっています。……Yブロックにある井原の家内です。教えて下さい。どこでお会いしたんでしょうか」

「一昨日もその前日も、テニスコートが見えるさっきの場所で会っていますよ。ぼくは一人ではなく妻と一緒でしたが」

ぼくと彼女は、再び同じ会話を最初から繰り返し最後は彼女の突飛な問いかけで否応なく終わる。

「教えて下さい。イーストランドへ行くのはどうすればいいんでしょうか。今日、ニューヨークへ発たなければいけないんです」

二十数年前、ぼくとG女史と呼ぶ彼女はイーストランド自治会の役員を務めていた。まだ五十歳前のG女史は自治会役員として厄介な仕事も引きうけ、事務局長として孤立しがちなぼくを支えてくれた。なによりG女史はイーストランドで三人の美女の一人と噂されていた。ぼくにとって自治会活動で唯一の楽しみはぼくの隣席にG女史が座ることだった。テニスのできないぼくがしばしばコートに降りたのは溌溂とラケットを振る彼女に接することができることといって過言ではなかった。そのG女史がかつてニューヨーク駐在だった主人に同行した記憶と現在の立場とを判別できなくなっているのである。

定年退職して家にいる彼女の夫はなぜこんな姿で徘徊する妻を見放しているのだろう、主婦たちはそう語り合ったが恐らく真相は別のところにあったろう。彼女に惚けの症状が出始めた時、家に置くのは危険と判断した主人はデイケアセンターなどに幾度も相談し、事実家から連れだそうと試みたとも聞いている。

G女史が民生委員だったのはつい五年前である。恐らく彼女の惚けの進行が早すぎたのだろう。聡明であり過ぎたが故に、自身の惚けを自覚するには時間が足りなかったのかも知れない。

「西さんのお陰でここには建築協定が出来ていてスラム化を防いでいます。防犯カメラの設置だってそうです。総会で西さんのあの発言がなければ実現していませんでした」

G女史がぼくにそう語ったのは二年前の春だった。彼女の惚けは数年の単位ではなく僅か数ヵ月の間に急速に悪化したのである。

やがて訪れる彼女の死はどんな形を取るだろうか。疑いもなく吉宗のように、自身の死を見つめつつ冥途へ旅立つのは許されないに違いない。

イーストランドは高齢化が進むF市のなかでも際立って平均年齢が高い。杖を頼りに歩くぼくに声を掛けてくれる住民の九割は恐らく後期高齢者だろう。彼らはG女史と似た症状が出始めると間もなく、最も近い親族、何十年も生を共にした妻や夫から、あるいは遺児として残された子供によってそれらしき施設に送られ、息の絶えるのをただ待つだけの事実上屍の生を送って密かに葬られていく。事実十年前までは自治会から訃報の知らせがあったが、今では口伝えにどこそこの主人の、あるいは夫人の死を伝え聞くだけである。ぼくと違ってここイーストランドでかなり幅広いコミュニティを持つ妻は何ヵ月の間に一度や二度「ご主人を亡くして一人住まいだったDさん、三日前亡くなったらしいわよ」「この前話した東大出のBさん、お酒を求めて近所中に迷惑をかけていたが、ついに亡くなったわよ。奥さんほっとしたでしょうね」と伝えてくる。もはや妻の持ち帰る情報はイーストランド住民のだれそれがそれらしい施設に移されたか、その施設で亡くなったかのどちらかである。

思えばG女史の友人、H女史の死は幸運だった。二人はほぼ同年でテニス仲間でもあって、イーストランドにあるテニスコートの管理や仲間の世話など一切を取り仕切っていた。殊にH女子はかつてぼくの在職中からの知人で朝晩の挨拶を欠かしたことはなかった。彼女は五年前、子宮癌で亡くなっている。しかし彼女が子宮癌である事実は誰も知らなかった。彼女の身辺からそれらしき気配はかけらも臭わず突然冥途に旅立ったのである。ただ一つ、亡くなる一月前、元気なうちに主人と長い旅に出ようと思っている、と彼女が洩らしたのをぼくははっきり覚えている。

「それは素晴らしい。そのまま旅を続けてこのイーストランドには戻って来なかったらどうですか」

「いいわね。もしかしたらそうするかも知れないわよ」

ぼくの冗談にそう答えた彼女だったが、ぼくが再び彼女に出会ったのは座敷に飾られた遺影だった。

恐らく彼女の夫は彼女の覚悟をほとんど共有できないまま彼女の死と向き合うことになっ

たに違いなかった。遺影の前に座るぼくに、彼女の死に際の毅然とした姿をこう伝えてくれたからだ。

「〝あと少しでお別れですね。病院にほとんど入院することなく、この家から直にあちらへ逝くことができます。最後の旅も出来ました。思い残すことは少しもありません。幸せでした。もうすぐいやというほど休むことができます。……さようなら〟

妻はそれだけを言い残し、息を引き取りました。妻の意識はしっかりしていて、最期の瞬間まで明晰でした」

そう語る彼女の夫には一滴の涙もなかった。妻の死には涙など必要かった、と言外に伝えたかったのだろう。確かに彼女の死には吉宗の死と重なるところがあったが、しかし吉宗の死には他者からの介在を一切拒絶する思想としての死の風景があった。

7

杖に頼って散歩するぼくには、イーストランドから山に入った小高い頂上から、東の果てにとめどなく広がる海が見える。その海とは無関係に茂る杉林の谷底にささやかな水脈を持つ流れがある。

何気ない流れだが、そこにはぼくの記憶に突き刺さる死の風景があった。

七年前のことである。

出会ったのはぼくではなかった。イーストランドの、まだ老境にはかなりの時間を残す知人がイーストランドの四囲を囲む杉林のあちこちに点在する獣道を歩き回ってその骸を見つけたのである。谷底の杉の木に背もたれた骸は行倒れの果ての骸ではなかった。骸にはまだ破れた衣服の残骸が纏い付いていた。もちろん骸の存在を証明する紙切れ一枚なかった。ただ生前肩にかけていただろう頭陀袋が骸の傍に転がっていた。頭陀袋には石鹸とタオルらしい残がいが入っていたが歯磨きはなかった。骸の口が総入れ歯であってみればそれは当然だったろう。なにより僕を驚愕させたのは骸が生前使っていたはずの杖がなかったことだ。とすれば骸は杖に頼らずこの谷底まで辿り着いたことになる。それは彼の出立が一旦家を出れば二度と帰ることのない透明な死への自覚的な旅だったことを意味している。

知人の知らせで駆け付けたのは僕を含めイーストランド住人の数人だけだった。のちになって警察に通報はしたが、その時誰の目にも骸に殺人などの事件性はかけらも感じなかった。ただなぜ骸になるまで誰一人彼の死を発見できなかったのか、駆け付けた誰をも疑問を抱いたのは確かだった。それほど深い杉林ではなかったし、昔はともかくイーストランドができてからは人の臭いはすぐ近くにあったからだ。

しかし今になってぼくには、その骸が死の寸前まで息をひそめつつ他人の目を拒んで死を迎えたかがわかる。彼は恐らく家人の誰にも知らせずに家を出ただろう。家を出るとき彼の脳裏にあったのは、インドの聖人たちが選ぶ人生訓を胸に秘めていただろう。学生期・家住期・林行期を経て遊行期に至るあの哲学である。林行期まではまだ修行の途次として時折帰宅できるが、遊行期は一旦家を出たが最後死を迎えるまで家に帰ることは許されない。死を迎えるとはそれほど厳粛なものであり、生きている他人が彼の死を悼むと称していたずらに宴とも紛う儀式を開くべきではないのである。彼はそう願いつつイーストランドに隣接するこの杉林の谷に辿り着いたに違いない。

アメリカの詩人で作家でもあるメイ・サートンは「独り居の日記」でこう記している。

「男が老齢になると、自己自身を完成させるために、家族や生業を捨ててさえして〝聖〟者あるいは放浪の人となるというヒンズー教の思想の真実に私はますます打たれるようになった」

彼の死とメイ・サートンが胸に秘めたヒンズー教の思想は厳格に結びついている。

彼が亡くなって数ヵ月の後、警察の手で彼の存在がイーストランドから遠く離れた日本の西の果て熊本の出身と突き止められた。思えば吉宗も彼と同じ熊本の出だった。もしかしたら熊本にはインドのヒンズー教につらなる風土が根付いていたのかも知れない。

彼の親族は遺骨を受け取りにF市の市役所を訪れたと聞くが、その時点で彼の魂は汚されたに違いない。なぜ独りで死に逝くのが許されないのか。彼はインドとは違って死でさえも不明のまま残すことを拒む日本の現実を呪ったに違いない。

しかしそう遠くない将来、彼と同じ孤絶の死を選ぶ数多の人々によって日本の愚かしい死の風景は消え去るだろう。ぼくにはその時点まで生き延びることが許されるだろうか。杖に頼ってイーストランドの路地を歩くぼくは、吉宗や杉林の谷底で独り骸となった彼と同じ死の風景を描きつづける。数百メートル歩くと楡と欅の木陰公園に行きつき公園に置かれた椅子に腰掛ける。

すると昨夜ベッドに入るぼくに囁いた妻の甘美な言葉が律儀に甦ってくる。

「二階に上るわよ、いいわね。ここから呼んでも聞こえないわよ。だから用があったら今のうちに言ってちょうだい。いいのね、上るわよ」

途端にぼくの決意は脆くも崩れ、まだ暫く妻の介護に身を委ねる至福の時にとって代わる。

著者と作品の深層を見つめる

砂山幸彦

「冬子の場所」は、「優しかった時」を同人誌「評論」に発表して二十年以上経って、著者が自身の家庭をもう一度別の目から見ようとする試みである。それは、著者が、当時の世界から少し離れたところまでやって来たことと呼応しているようにも思える。著者と関わりをもった者の一人として、当時を振り返ることで、少しでも作品と著者への理解を深められればと願う。

著者を語るためには、まず、あるグループのことを語らねばならない。当時私は学生で、ある知人に、「評論」というグループに来ないか、と誘いを受けた。そして、同じ「評論」という冊子を貰った。それはそのグループが出している同人誌で、ほぼすべてが批評作品、その中にたった一作小説があった。「優しかった時」というタイトルだった。その内容は凄まじいものだった。ある家庭の親子の関係、特に母と娘の関係が描かれる。母は母という役割、娘は娘と言う役割を失っていて、二人の闘いが延々と続いていく。そして作品は救われようもなく終わる。私はタイトルの下にある喜多哲正という名を頭に刻み込んだ（その後数年経って著者は「優しかった時」の続篇に当たる「影の怯え」を書いた。この「影の怯え」は芥川賞候補となったが受賞には至らなかった。この期の芥川賞は「受賞作なし」となっている）。

それは中央線の駅の近くの畳敷きの一室だった。幹事っぽい人がしきりに回りに話しかけ、冗談を言ったり笑ったりしている以外は、少し違った空気が辺りを支配していた。紹介してくれた人が都合で来れなくなったために、私はひとり、その空気の中に投げ込まれているような気がしていた。これは一体何だろう。十人余りの壮年の男性ばかりがいるのだが、当たり前に感じるはずの緊張感がない。しかし、それぞれの人が、普通の人とは別種のプライドを持っている気がした。私は視覚と聴覚を研ぎ澄ました。見ていない振りをして見、聞いていない振りをして聞いていた。喜多哲正を探していた。もちろん後で紹介されることは確実だが、その前に自分で探し当てたかった。骨太で、半ば口を開けて目を瞑ってじっとしている人、細面の長髪で、眼鏡の向こうに疑り深げな目を覗かせている人、どの人もそう言われればそうだという気がした。そのうちに、「キタさん」という声がした。それは幹事と覚しき人の周辺だった。見ていると、その幹事が「キタさん」と呼ばれているようだった。折を見て、私はその人に近づいた。

「キタさんですか」

「はい、キタです」

「砂山と言います」

「あ、砂山君、聞いてます」

その人は、人懐こい笑顔を消さなかった。

「あの、『優しかった時』を書かれましたね」

尋ねながら私は、湧きあがってくる感情を必死に隠そうとしていた。

その人は微笑みながら回りに向かって言った。

「みなさん、初めて入った砂山君です。深刻な小説を書いたのがこんな軽薄な男だと分かって、驚いてるみたいだけど」

これが著者と私の、今に到る長い交流の始まりだった。


それから何回目かの集まりの時だった。会が終わり、その日の会場が著者の仕事上で契約しているホテルだったこともあり、私は著者とその部屋に泊まることになった。研究会の後、そこがそのまま飲み会になり、お開きになった後も二人で話を続けた。酒に弱いために、私の前のグラスのビールはもう減ることはなかったが、著者は限界がないようだった。そして、グラスを飲み干すにつれ、いつも浮かべている笑いは消えていった。どんなきっかけだったろう、きっかけはなかったかもしれない。著者は娘さんのことを話し始めた。心の中に部屋があって、そこにガスが充満していく。圧力に耐え切れなくなって、とびらが破れてしまう、そんな話し方だった。私は不思議な感情でそれを聞いていた。当時も今も私には子供がいないので実感することはできないが、親と子、中でも父親から見た娘には特別なものがあると聞く。それは、血を分けた存在でありながら、異性であることからくる感情なのかもしれない。場合によっては自分自身よりもかわいい対象となる。著者が語ったことは、そのような一般的観念の対極にあるものだった。話を聞きながら、今私は恐ろしいほどのストレスのはけ口となっているのだろうかと思った。逃げ場はなかった。私には、一つの疑念が涌いてくるのを押さえることができなかった。

「本当に喜多さんの娘さんなんですか」

話の途中で、私は何度も問い質した。あまりの衝撃に事実を確認し直したというよりも、小説では自分の子になってはいても、何らかの事情で血のつながらない子との葛藤を続けざるを得なくなった男の叫びを聞いているのだと思えてならなかったからである。

私の娘だ、と著者は言った。私には、著者が被害者に見えた。それは、日々娘さんの暴力に脅かされ続ける奥さんに対する精神的同化から来るものに思われた。折しも、家庭内暴力は社会現象になっていた。社会が悩んでいる時に、個人が解答を提出できるだろうか。次々に襲ってくる現実に、立ちすくんでいる他はない。時は過ぎ、人も歳をとる。今ようやく著者は、冬子の立場で現実を振り返る心境になったのだろう。

作品の中の父親は、ただ生きている。だが、それを書く作者は十字架を背負っている。しかしそれも、作者と当時の現実の距離のせいであり、こうであることができたのではなかろうかという悔恨から来るものに思われる。こういう態度をとっていれば、子供は親の思いが分かったのではないかという。しかし、親のあるべき態度というものも、当時から現在までの間に外側から作者の精神に宿ったものであって、当時の親の思いの希薄さを直視したくないことからの弁明手段にも思える。

ただ言えるのは、当時の父親も作者も余りにも深く傷ついているということである。その傷が当時の作品を創り出し、今「冬子の場所」を書かせた。その傷はいつか癒えるのだろうか。

父親の子供に対する愛情は本能的なものなのか。母性を持たない女性を妻に持った夫が家庭を成立させることができるのか。生きている人間にも死んだ人間にも、このような問いに答えられる者はいないだろう。当時の父と母も、作者も、半ば問うように言う。「俺たちは、子供を持つべきではなかったのだ」この言葉は、子供のいる生活への絶望というだけでなく、もっと本質的なものへの絶望をも吐露している気がする。全てを投げ出して、沈んでいく感じがする。

著者は以前、言ったことがあった。「必死でやるんだよ。でも、うまくいかない。そうだろ。なんとかしようと、やっても、だめなんだ。もっと厳しいところに追い込まれていく。そういうものだろ。そこから文学が生まれるんじゃないか」あれは、当時の著者の人生観そのものだったのだろう。言葉にできなかったものを言葉にしてもらえた、当時私はそう感じ、よくその言葉を思い出した。

家庭が、癒しの場であるどころか、外の世界以上の戦場である。そのような場所にいる人間は、精神的に、死ぬか生きるかの瀬戸際に常に追い込まれているだろう。数人の親しい友人との交流だけが、この世界の内の光だ。「『評論』の人間関係だけが心を許せるものだ」著者は言っていた。

思い出すのは、著者が拙宅に来られたときのことである。著者のお母様のことが話題に上った。私はそれまで、著者のお母様とはお会いしたこともなかったし、話を聞いたこともなかった。印象に残っているのは、話の内容ではない。著者の非常に冷静な語り口だった。もちろん、母親のことを冷静に語るのは、おかしなことではない。しかし、私はそれを聞きながら、奇妙な感情にとらわれていた。それは、娘さんのことを聞いていた時とよく似た感情だった。

一本の道が続いていて、それが二股に分かれる。右の道には男と女、その手につながれた子供の姿が見える。子供が手を離し、前方に駆けていく。何か拾ってきて男に見せると、男はそれを手にとって子供に何か言っている。

左の道には、少し遠くに裸の崖が見える。崖は高くなるにつれて道に少しせり出してくる。せり出しはじめのところに何かがくっついている。少し動いているようにも見える。人か猿か、別の生き物かもしれない。小さな木が生えているのかもしれない。道は崖の下から、崖に隠れるように曲がっていく。

著者はどちらの道を選ぶだろう。左の道を選ぶような気がする。もしも右の道を選んだとしても、その影は左の道を歩いている。彼が子供と微笑みあったとしても、本当に微笑みあってはいない。魂は左の道を歩いているのだから。

「冬子の場所」を読んでの感想は以上である。体裁ではなく、できる限り率直さを心がけた。分かりにくい部分があるとすれば、趣旨をぼかしたのではなく、ひとえに私の表現力不足のせいである。「下らないものを書きやがって」と、著者の声が聞こえてきそうだが、この感想を書いた動機が作品と作者に対する尊敬の念だと言うことが分かれば、許して頂けると思う。ますますお元気で、素晴らしい作品を書き続けられることを心よりお祈りする。

本評を著した砂山幸彦（すなやま・ゆきひこ）氏は、著者と共に長い間、同人誌「評論」の中心メンバーとして活躍した。

かいせつ

家族と自我の成熟

川上正沙子

「冬子の場所」は第八六回芥川賞候補作品の「影の怯え」と対をなす作品である。「影の怯え」は娘の暴力的な叛乱に身をさらす父親と母親の姿が描かれているが、「冬子の場所」は視点を変えて、娘の側からみた家族の姿があぶり出される。ここに展開されるのは息苦しいほどの希求力をもった冬子という少女の自我の形成を通して、その自我に作用する家族の姿である。執拗に描かれる冬子の意識の流れの中に共同幻想としての家族の姿が立ち現れる。

「冬子の場所」というタイトルは冬子の二つの意味を内包する。一つは冬子の自我を形成する場として機能する一つの「家族」という単位の場所。もう一つは家族の中での冬子のいる位置である場所である。

自我の形成は他者との関係なしには成り立たない。子どもはもっとも身近な世界であり、ある意味では閉ざされた家族との関係から自己を確認していかざるをえない。それはすでに決められていて、自分では選ぶことのできない関係性である。

一方で親となる人間もまた、あまりに無造作に結婚という制度に身をおき、子どもを作り家族という単位を作りあげる。子どもとの関係性を考えるいとまもなく無意識に親になる。子どもが自我を育てつつある他者であることにもほとんど無自覚である。本能が壊れてしまっているともいえるヒト科の人間は盲目的に子どもを守ることもできず、学んでいくよりほかはない。願えるのは子どもである他者への深い関心といつくしむ心だけだ。日々の生活に埋没していられるだけですむ感性の持ち主ならことは簡単にすむかもしれない。しかし、鋭敏な神経や疑うことのできる精神をもてば、無造作に親となった人間たちとの関係は子どもたちにとって悲劇ともいえる状態を引き起こすに違いない。

はじめには夏子がいた。できのいい妹の冬子と比較される夏子には家族の中で身のおき場がない。幼い自我を受け止めるだけの意識も自覚も余裕も親にはない。幼い子どもには当然用意されてしかるべき、拠って立つ場所のない夏子の孤独は想像するにあまりある。

さらに外ではいじめにさらされる。

「……姉は、家でも家の外でも他人とのまともな触れ合いができず、いびつな憎悪と妬みだけを奇妙に肥らす世界へとめどなく迷い込んで……」いくことになる。夏子は外の世界にあっても他者との関係もうまく結べない。雨の中、傘をささずに立ちつくす夏子の姿には鬼気迫るものがあり、その孤独な魂を思うとなんとも痛ましい。そして夏子の意識は「……雨の降りしきる外界ではなく家の中にあった……」のである。幼い自我の確立の場としては家庭よりほかはないのだ。

ともかくも、存在そのものを丸ごと受け止めてくれた祖母も亡くなってしまう。夏子の体験はあまりにも過酷で、自我はその体験を受容できず、否定もできない。体験を受容できない自我は他を憎悪し、それにもまして強い自己否定と自己憎悪の渦の中に巻き込まれてしまうよりほかに行き場がない。夏子の家族への暴力的な行為は救いを求める最後の手段であるが、それも受け入れられることはなく、夏子には崩壊しつつある自我を抱え込み沈黙の淵に沈みこんでいくよりほかに道がない。

一方、冬子はある日気がつく。「親たちにとって自分がどんな存在であるか……それは恐ろしく貧相な存在だった」「父や母に根づくあまりにもみすぼらしい、自分の像」。成績もよく、なにも問題のなかった冬子はそのまま、いわば鈍感なよい子でい続ければ気がつくことはなかったのだが、気がつけばもう後もどりはできない。

冬子はあらためてこれまでの家族の中にある自分の像をふりかえる。それはとりもなおさず家族というものを考えていく行為にほかならず、冬子は現在と過去を行きつもどりつしながら家族の姿、家族のなかにある姉の夏子と自分の姿をあらためて思いおこしていく。

過去を振り返って冬子が見たのは、あまりにも希薄な親と子の関係である。姉の夏子も親に受け入れられることがないことで苦しんだ。夏子と親の関係は夏子が暴力で訴えている間は緊張はあるが、暴力で訴えるものを親は全人格的に受けとめることができないので、行為としては突出しているがそこにある関係性は希薄だといえる。冬子に見えるものも、親として成熟していない両親の姿と、しらぬうちにその親に加担し夏子を傷つけていた自分の姿だ。冬子はこれまでの自我を崩壊させ、新しい自我を再構築していかなければならない。冬子の自我が成熟していくためには未成熟な親の自我を否定していかなければならないのだ。

象徴的に幾度も現れるのは、冬子に思い起こされる三本の枇杷のイメージだ。「家の毒を吸い取る」と父が植えた三本の枇杷のうち一本は苗木のうちに枯れ、二本目は赤い枯葉をつけて枯れ、もう一本だけが残る。冬子は一本目を夏子に二本目を冬子、三本目を弟の秋夫になぞらえる。これはうまく自我を育てることができなかった夏子、自我を構築しようとする冬子の意思に符号する。

冬子が根源的に自分の存在について親に問うているのは、親にとって子とはなにかという問題である。「なんてことなの。冬子も夏子と同じだったじゃありませんか」「二人とも病気もちだった。俺たちは子どもを作るべきではなかったんだ」「失敗だった。しかしもう取り返しがつかない」ある日聞いた両親の会話は冬子の存在そのものを否定するものだった。

その否定は、存在そのものを受け止めることのできる愛の不在を意味する。受けいれられることのない存在としての自我はそれを反作用のてことして相手にたちむかう。冬子の自我は両親への弾劾とともに形成されるが、同時に強い自己否定という矛盾を孕まざるをえない。家庭内にあってちょっとした優しい感情のやりとりは存在せず、冬子にとって日常の営みは意味をもたない。冬子のなかにあるのは自我とそれをとりまく他者との関係性をつきとめるという欲求だけとなる。

姉の夏子はまとまりのつかない自己を暴力的な形で他者にぶつけてみたが、受け入れられることなく自我を崩壊させてしまった。崩壊させるべきなのは冬子の前に立ちはだかる他者の成熟していない自我なのだ。それが冬子の役割であり、〝冬子の立ちすくむ場所〟なのだ。

ある日冬子は父の本棚から、過干渉の祖母を殺害してみずからも自死した少年の遺書を見つける。冬子の心は少年の一言ひとことに共振する。冬子の持つ意識や経験はなにも冬子ひとりのものではない。狂おしいほどの希求力をもつ自我は、それを成り立たせ、しかもそれを阻むものとして厳然と存在する家族というものに抵抗し、それを崩壊させずにはいられない。弟の秋夫が〝冬子の場所〟に目を向けていると気がついた冬子は、自我の行きつく場としての結末を決意する。それは家族を崩壊させるとともに、両親に否定されてしまったため、自己をも否定し放棄してしまうことだ。朝早く家を出た冬子は陸橋の上から身を躍らせようとするが、その時、冬子の内なる何かがそれを翻させる。冬子にはまだ別の道をたどる可能性があることを暗示して、この物語は終わる。

冬子の自我の成熟──自我はたえず崩壊と再統合をくりかえす可能性をもつ。自我がこれまで否認してきたみずからの外的、内的な経験を受容できるようになるとき、自我は変質していく。自我が生の営みの全体、つまり内外の経験を可能な限り受容できれば自我の枠は緩やかなものとなり、自我は成熟していく。自我が自らの生の全体性をどれだけ深く受容できるかどうか、つまりは自我の成熟の度合いに人間の幸福の質がかかることになる。冬子が経験を受容できれば、成熟を断ち切って自死した少年とは違う道をいくこととなり、〝冬子の場所〟も違う色合いをもつことになる。

「冬子の場所」は「影の怯え」から二十年の歳月を経て書かれた作品だ。同じモチーフを作者があたためていたことがわかる。いうまでもなくフィクションであるが、作家の体験の反映は色濃い。「影の怯え」は作者が家庭内暴力という素材の常ではないことに拠りかかっているのでは、という印象があったが、「冬子の場所」では視点を変えて、娘である冬子の自我の成立の意識と意思を通じて、冬子の心にわけいるように描写はより細部にわたり、構成も巧みでずんとした重さがある。作者の成熟を見る思いがする。

川上正沙子（かわかみ・まさこ）氏は、早大在学時代、劇団「自由舞台」に著者と共に在籍し、その後も長い間友誼を育んできた。その友誼の上に、二〇一五年、一九四七年から一九六九年に及んだ『早大劇団・自由舞台の記憶』を著者と共に責任編集し、二〇一五年一〇月、同時代社より刊行した。この『自由舞台の記憶』は四二〇頁に及ぶ膨大な記録集で演劇関係だけでなく、東京新聞の文芸コラム「大波小波」に取り上げられたのをはじめ、多方面から注目を浴びた。

著者略歴

喜多 哲正（きた・てつまさ）

1937年、熊本県天草に生まれる。早大在学中、学生劇団「自由舞台」で創作劇運動に参画。1960年、労働組合（全海連）書記として勤務。1970年より1986年まで、劇作家別役実、砂山幸彦、野田映史等と同人誌（季刊評論）を発行。1981年同誌に発表した「影の怯え」で第86回芥川賞候補となる。著書に小説集「影の怯え」（文藝春秋社）、「天草・逗子・鶴岡・そして終焉」（論創社）、評論集「挑発の読者案内」（論創社）がある。2007年より逗子市、鎌倉市で小説講座を開講、同塾生を中心に2010年同人誌「北斗七星」を創刊、現在まで10号を発行している。

冬子の場所

2019 年 10 月 15 日　　初版第 1 刷発行

著　者	喜多哲正
発行者	川上　隆
発行所	株式会社同時代社 〒 101-0065　東京都千代田区西神田 2-7-6 電話 03(3261)3149　FAX 03(3261)3237
装　丁	クリエイティブ・コンセプト
組　版	いりす
印　刷	中央精版印刷株式会社

ISBN978-4-88683-863-6